T0163925

PILOTES DE COMBAT

DU MÊME AUTEUR

Chez le même éditeur

1929 jours, le deuil de guerre au XXIe siècle, 2016.

Chez d'autres éditeurs

L'aventure des pôles, Charcot explorateur visionnaire, Paris, Larousse, 2017, avec Agnès Voltz et Vincent Gaullier.

Afghanistan, la guerre inconnue des soldats français, Paris, Acropole, 2012.

Journal d'un soldat français en Afghanistan, Paris, Plon, 2011, avec le sergent Christophe Tran Van Can.

Sentinelles de l'Arctique, Democratic Books, 2009

Nicolas Mingasson
d'après un récit de Mathieu Fotius

PILOTES DE COMBAT

Deuxième tirage

PARIS
LES BELLES LETTRES
2020

Premier tirage 2018

ISBN : 978-2-251-44810-7

À
Jeanne
Henri
Cyprien
Joséphine
Louis

Les chiens aboient et moi, je crève. Mon CIRAS [1] m'écrase et m'étouffe, mon casque m'assomme. Les chiens aboient et je ne peux pas bouger. Je me traîne dans le sable et la poussière. Qu'est-ce que c'est que ce merdier ?! Je vire mon casque, c'est déjà ça. Pour le reste… impossible de m'extraire de mon pare-balles ; j'ai beau me contorsionner, me débattre comme un poisson jeté sur une rive sablonneuse, rien à faire… Je dois être lamentable… Il faudrait que je me lève, que je m'assoie, que je bouge, mais mes jambes refusent de répondre, de faire le moindre mouvement. Elles m'ont abandonné. C'est trop pour elles ! Il faut dire que depuis ce matin… En tout cas, je n'ai pas mal, c'est toujours ça. Une force me pousse, m'oblige : non, ce lit de sable et de poussière ne sera pas celui de mon dernier soupir.

---

1. Gilet pare-balles.

Mon flingue, putain ! mon flingue ! Ce con a disparu ! Non, je le vois, qui a glissé le long de ma jambe. Ces saloperies d'attaches en plastique de mon holster ont cassé, lâché, m'ont abandonné elles aussi dans le crash. Bravo l'ami ! Je me suis foutu de toi, comme tous les copains, et pourtant, c'est toi qui avais raison ! Toi Matthieu, ce putain de flingue, tu dois déjà l'avoir dans la main, grâce à ton astuce de le porter dans cette vielle housse en cuir ringarde et toute pourrie que tu gardes sur la poitrine. Le mien n'est pas loin, là-bas au bout de ma jambe. À quelques centimètres seulement de mes doigts. Mais bon, soyons réaliste : trois centimètres, cinquante, ou même trois millimètres, je m'en fous pas mal, et au final, ça ne change rien à la situation : il est là, je le vois, mais rien à faire ! impossible de mettre la main dessus, ou même de l'effleurer du bout des doigts pour tenter, millimètre après millimètre, de le faire glisser vers le haut, et le saisir enfin ! C'est pas grand-chose, quelques centimètres ! Et pourtant... Vraiment, j'ai beau tenter, y mettre toutes mes forces, tout ce qu'il me reste d'énergie, impossible de sentir enfin sous mes doigts le métal froid de cette arme qui peut-être me sauvera, me permettra de m'échapper, de fuir.

Tu nous avais bien fait marrer, à Kaia, avec cette histoire de hoslter. Cette nuit, c'est moi qui pleure. Dans mon dos, la poussière afghane. Dans mes yeux, des milliards d'étoiles. Dans mes oreilles, ces putains de chiens qui ne cessent de gueuler. Les chiens, je m'en fous ! Mais leurs maîtres... Ont-ils compris, eux aussi, que nous sommes là, proies faciles à quelques centaines de mètres seulement de leurs fusils et de leur haine ?

Ça y est ! J'arrive enfin à me retourner. On pourrait appeler ça une petite victoire, mais non ! C'est bien plus que ça, c'est une grande, une immense victoire ! Parce que derrière moi, tu le croiras ou pas, je tombe sur mon sac d'alerte ! Il y a des hasards dont il faut profiter sans chercher à les comprendre. De l'eau ! Boire, boire enfin, extraire de ma bouche cette pâte infâme, mélange de sable et de sang. Les réflexes reviennent d'un coup et sans crier gare ; sans même que je m'en rende compte, mécaniquement, la machine se remet en marche. Je cherche, je trie, je mets de l'ordre dans ce qui me fera tenir. D'abord, appeler ! Appeler Bryan à Kaia, dire que nous sommes vivants, que les copains sachent que nous sommes là. Merde, pas de réseau !

Je n'arrive à rien, je suis comme un gosse maladroit, pas même capable de mettre en route la balise de détresse. Et de la détresse, pourtant, il y en a ! Je suis paumé. J'ai la balise dans les mains, mais ça ne me parle pas, comme si je manipulais pour la première fois un objet inconnu, ou, plutôt comme si j'avais retrouvé au fond d'un grenier un objet connu mais dont j'ignore le mode d'emploi. J'ai beau essayer, tenter, essayer encore, rien à faire ; je suis incapable de réfléchir, de me concentrer sur ces quelques boutons pourtant si simples à actionner. Et pourtant, il le faut, je le sens, je le sais, mais j'échoue, encore et encore. Je suis fébrile, impatient, je voudrais que cette garce fonctionne, là, maintenant, tout de suite, qu'elle cesse de se foutre ainsi de moi. Il faudrait que je me calme... Une balise, petite princesse capricieuse, réclame d'autres attentions que les assauts sauvages d'un pilote échoué au milieu de l'Afghanistan. Finalement, je laisse tomber ! Ça vaut mieux pour nous deux.

Ça portera moins loin, n'apportera pas beaucoup de lumière, mais au moins un peu d'espoir. J'attrape ma frontale. Il ne me reste plus qu'à attendre les secours. Au premier hélico qui passe, j'envoie des signaux ! Ça va marcher ! Je sais, j'ai la certitude qu'ils viendront nous chercher, nous sortir de ce merdier. Parce que tu vois, et c'est étrange, si je n'arrive pas à m'en sortir avec les choses simples de ma réalité de naufragé, la situation globale, elle, est parfaitement claire. Je sais que la balise automatique de la machine s'est déclenchée au moment du crash. Je sais qu'à Toulouse notre signal de détresse a été reçu. Je sais que, de là-bas, les ingénieurs ont déjà relayé le drame qui vient de se produire. Je sais qu'à Kaboul ou Bagram, quelque part à quelques kilomètres d'ici, l'alerte est déjà donnée, que les copains sont en train de s'équiper. Peut-être même sont-ils déjà en train de voler à notre secours. Je le sais, et surtout, j'y crois comme à une évidence inscrite au plus profond de moi. Parce qu'ainsi sont les procédures. Parce que personne ne nous laisserait tomber. Parce que j'ai besoin d'y croire, pour survivre, continuer de vivre et me battre.

À dire vrai, rien ne m'inquiète réellement. Je dois trouver la force et l'énergie de survivre. Un effort surhumain, de chaque instant. Malgré les aboiements réguliers des chiens, malgré le chant du muezzin qui vient un temps les couvrir de sa mélopée aiguë pour appeler les fidèles à la prière, je ne vois rien du village d'où montent ces sons inquiétants. Je suis, non ! nous sommes toujours enveloppés dans cet immense nuage de poussière qui masque la réalité du terrain et nous entretient dans l'illusion que le pire est derrière nous. Et comme toute illusion, celle-ci aussi disparaît ! La vallée, peu à peu, se libère de cette nuée de poussière et le rideau se lève sur la scène de notre drame. Subitement, le récit que j'espère – les secours sur le point d'arriver –, peut-être, ne sera plus le même.

Ce village, dont les sons étouffés viennent jusqu'à moi et que j'ai intégrés dans mon univers de rescapé, est là, à un jet de pierres, quatre cents mètres, peut-être moins, en contrebas. Il me nargue et m'inquiète. Le sort a voulu que je sois jeté face à lui et je ne peux échapper aux lumières blafardes qui s'évaporent des ruelles poussiéreuses, des compounds menaçants, du minaret qui les surplombe. Malgré la nuit déjà avancée, quelques retardataires s'y faufilent encore silencieusement. Je ne les vois pas, je les imagine seulement, et ce n'est pas moins inquiétant. On se promène peu, ici, la nuit tombée. Mais ce soir, peut-être parlent-ils de ce qu'ils vont faire de nous ? En tout cas, je n'ai qu'une seule certitude : ce village ne peut pas être un village « ami » ! Pas ici, pas dans cette zone, encore largement tenue par l'insurrection malgré la proximité de Bagram. Mais, au-delà de cette certitude glaçante, je ne peux que me perdre dans une masse abyssale de questions, dont deux seulement comptent vraiment : nous ont-ils entendus nous crasher ? Savent-ils que nous sommes là, impuissants et gisant à quelques pas de leurs compounds ?

*
* *

Prisonnier : le scénario catastrophe, l'hypothèse impossible ! Nous en avions discuté avant de partir et, étrangement, alors que nous sommes tous si pudiques quand vient le sujet de la mort, nous avions abordé la question ensemble au sein de l'escadrille, sans pudeur ni angoisse. Pour certains, ce geste, conserver une *dernière balle*, faisait tout simplement partie de la mission. Comme quelque chose d'inscrit naturellement dans notre check-list personnelle. Je faisais partie de ceux-là. Mais quelle ironie ! Je suis au pied du mur, prêt à accomplir, s'il le faut, cet acte final, mais impossible d'attraper mon arme. L'évidence est là, je suis lucide et je réfléchis. Comme on se prépare à exécuter une manœuvre de vol, je décide froidement, sans la moindre angoisse, que la meilleure façon serait de m'enfoncer le canon de mon PA dans la bouche. Je le sais : impossible de se rater comme ça. J'ai accepté depuis longtemps l'idée d'une telle fin, et pourtant, je ne me suis jamais demandé si le jour venu ce serait difficile. Eh bien non ! tout est limpide, évident : on s'est crashé, l'ennemi n'est pas loin et il ne nous fera pas prisonniers ! Aucune peur, aucun regret, mais seulement cette ferme détermination : ne pas être capturé vivant, ne pas servir de monnaie d'échange, ne leur livrer ni mon corps ni les âmes de ceux que j'aime pendant des mois de détention. Je ne leur ferai pas ce cadeau. Alors oui ! c'est clair, limpide et évident : s'ils montent, si je vois se dessiner et se rapprocher leurs silhouettes sombres, traîner dans la poussière leurs sandales et leurs baskets usées, se découper devant mes yeux les canons de leurs kalash', ce sera une balle dans la bouche ! Mais la dernière ! ma *dernière balle* seulement ! Les autres, jusqu'à l'ultime cartouche, seront pour eux. Ils ne nous cueilleront pas aussi facilement, et eux aussi devront payer le prix du sang, avant que peut-être je ne doive leur échapper à tout jamais.

Mais après tout, les jeux ne sont pas faits, et je reste dans la mission, qui pour l'instant commande de se battre pour survivre et s'en sortir. J'aurai bien le temps, s'ils arrivent, de vérifier si ce que l'on dit – les images de sa vie qui défilent en quelques fractions de seconde – relève du mythe. Pour l'instant, ces enfoirés ne sont pas là et une question autrement plus concrète m'obsède : les secours sont-ils en route ? Et ce putain de flingue qui toujours se refuse à moi. C'est mon combat, ma mission : le saisir et pouvoir enfin glisser mon doigt sur la queue de détente et être prêt. Prêt à me battre, prêt à leur échapper pour toujours s'il le faut.

J'essaie encore et encore. Je tends la main pour la énième fois, je me contorsionne, me bats contre moi-même, contre ce corps qui refuse d'obéir, je tends les doigts pour gagner les un, deux, trois millimètres qui me manquent ; je tente de forcer ce corps figé duquel je suis prisonnier. Est-ce que je crois vraiment à ces tentatives désespérées ? Et si elles n'étaient qu'un moyen inconscient d'entretenir l'espoir ?

L'espoir, il est là, dans ce ciel immense qui s'étend au-dessus de nous, désormais dégagé et éblouissant. Depuis le crash, le chasse-poussière a fait son chemin et rendu à la région un ciel calme et limpide, d'une beauté à couper le souffle, comme seul l'Afghanistan sait en offrir au regard des hommes. Au-delà de la plaine, les masses sombres des montagnes que nous survolions il y a encore moins d'une heure, et au-delà encore, des étoiles par millions... C'est de ce ciel, que j'arrive encore à admirer, que surgira l'espoir, la vie, notre vie. J'y plonge mes yeux, je le scrute, je l'écoute, car je sais que longtemps avant de les voir, c'est le souffle des turbines des hélicos de secours qui voleront tous feux éteints vers nous que j'entendrai.

Le ciel. Mon flingue. Le ciel. Mon flingue. C'est mon univers, mon tout petit univers à moi. Ce n'est rien, mais c'est grâce à eux que je tiens, que je m'accroche.

J'essaie, encore et encore, de t'apercevoir, de te retrouver au milieu du chaos de pierres, de poussière et de roches qui nous entoure. La machine, ce qu'il en reste, carcasse sombre, est là, dix mètres au-dessus de moi. Ce n'est pas beaucoup. Non, et il n'est pas illusoire d'espérer pouvoir t'apercevoir enfin. Mais cet espoir se fracasse sans cesse contre mes jambes récalcitrantes, contre mon dos meurtri, contre ce corps lâche qui m'abandonne et me laisse impuissant et prisonnier d'un destin que je ne maîtrise plus.

Je t'appelle, encore et encore, sans savoir si cela entretient l'espoir ou si cela m'enfonce au contraire dans le désespoir. Mes appels, mes cris, s'évanouissent dans la nuit, se noient dans un silence que je maudis.

*
* *

Les entends-tu, les vois-tu passer au-dessus de nous, ces deux Apaches américains ? Dans le silence de notre nuit, seulement déchiré par ces chiens qui continuent de se jouer de nous, de me rappeler sans cesse que notre sort n'est pas joué, arrive le son sourd et encore feutré de ces deux machines. Enfin ils arrivent ! Enfin ils nous ont repérés ! Enfin nous allons rentrer ! Leurs silhouettes sombres, leurs longues queues tendues vers l'arrière se dessinent dans le ciel, passent quasiment à notre verticale. Ils sont là pour nous ! J'agite ma frontale, faisceau de lumière ridicule dont la nuit ne fait qu'une bouchée. Mais ce soir, ils vont l'apercevoir, ce fil de vie tendu entre eux et nous. Dans le cockpit, le temps d'une fraction de seconde, un gars va remarquer ce grain de lumière dérisoire, taper sur l'épaule du pilote, faire un signe de la main vers le sol. Les gars seront fous de joie, le pilote poussera le manche pour obliquer vers nous. Les pales vont claquer dans l'air pendant leur descente, soulever d'un seul coup d'immenses volutes de sable et de poussière et les millions de gravillons ainsi soulevés s'illumineront dans le ciel au contact des bords d'attaque, comme autant de lucioles qui auraient pris ensemble leur envol. Je fermerai les yeux pour résister à ce souffle puissant et chaud, et j'attendrai que le sifflement des turbines s'évanouisse enfin. Le calme revenu, je verrai s'approcher à grands pas les équipes de secours. Cette fois nous y serons : le premier visage qui se penchera sur moi sera comme un clap de fin sur notre cauchemar.

Mais quoi ? Ils s'éloignent… passent, traversent la plaine et échappent à mon regard ! Est-ce possible qu'ils ne nous aient pas vus ?! Non, c'est impossible, ils sont forcément là pour nous ! Pourquoi, sinon, seraient-ils en train de déverser un tel déluge de feu au bout de la plaine ? Eux nous ont trouvés, mais d'autres aussi. Des « *taleb* » sont là, qui descendent sur nous, et les « *gunners* » américains nettoient la zone. Rien n'est peut-être joué et jusqu'au bout le sort s'acharne sur nous ! Je les imagine courir, agiles, furieux, entre les tirs des M134 des Black Hawk, traverser ce déluge de feu, fantômes insaisissables, avant de fondre à travers la plaine au bout de laquelle un butin, nous, les attend.

Et puis, en une seconde plus rien ! Le silence de nouveau. Ce même silence que quelques instants plus tôt, immense, envahissant, ce même silence dans lequel nous sommes plongés depuis le crash. Le silence de la montagne, le souffle léger du vent. Et au fond de moi, un vide abyssal. Je ne comprends pas. J'ai beau essayer d'analyser la situation, je n'arrive pas à émettre la moindre hypothèse. Plus que jamais, depuis que je me traîne dans cette poussière maudite, je fais face à un vide sans fond. Pourquoi nous ont-ils abandonnés ? Qu'a-t-il pu se passer pour qu'ils nous abandonnent ?

Je ne vois qu'une seule explication, ne peux formuler qu'une seule hypothèse raisonnable : les hélicos viennent de nettoyer la zone avant que les secours n'arrivent. Il y a donc de l'espoir dans ce silence. Encore un peu et les secours seront là ! Mais le temps passe, et avec lui l'espoir. Le silence s'éternise, et m'enveloppe de nouveau peu à peu, nous replonge dans ce que nous sommes depuis le crash : deux pilotes seuls au milieu de nulle part, si près et pourtant si loin de Bagram.

Puis j'ai capté de nouveau et de très loin, le souffle de deux machines. Mais surtout, ne me demande pas combien de temps s'est écoulé, je serais incapable de te le dire. Deux Black Hawk se rapprochent de nous, volent vers nous. Les entends-tu, les vois-tu nous survoler, passer à notre verticale ? Faut-il y croire, faut-il prendre le risque d'y croire ? Mais oui ! Oui ! ils se mettent à décrire une large boucle et viennent se poser derrière nous dans un immense nuage de sable et de poussière. Voilà, c'est fini ! Je vais enfin pouvoir fermer les yeux sans avoir peur de sombrer dans le désespoir ou de renoncer. Je vais enfin pouvoir laisser un grand vide se faire en moi, m'abandonner aux secours pour qu'ils me sortent de là.

Je vois les ombres des Américains surgir de leurs machines. Une équipe pour toi, partant derrière les lambeaux de notre Gazelle, et deux gars pour moi. Je leur parle de toi, de mon chef de bord éjecté quelque part, je ne sais où. Ils me calment, me disent de ne pas m'inquiéter, que leurs collègues prennent déjà soin de toi. Dans un immense soulagement, une sorte de repos, je les vois s'affairer autour de moi, retirer mes rangers, découper mon pantalon, m'installer dans un brancard de campagne. C'est fini, ils me récupèrent, m'emportent loin de ce sable, de cette poussière, de cette plaine aride, de ces chiens que je n'entends plus, de leurs maîtres qui n'auront pas notre peau. La lutte est finie, je peux baisser la garde, rendre les armes, cesser d'entretenir coûte que coûte l'espoir. D'autres viennent de prendre le relais pour moi.

Le Black Hawk s'arrache du sol. Nous quittons cette montagne désormais à jamais maudite. À travers les portes ouvertes de la carlingue, je devine le flanc des collines contre lesquelles, il y a seulement quelques heures, nous nous arrachions les yeux pour ne pas nous y encastrer. On s'était bien battus, mais cela n'a pas suffi...

*
* *

De la table de soins sur laquelle je suis étendu, la salle d'urgence me paraît immense. Des blessés, des médecins, des infirmières vont et viennent dans tous les sens. Une ruche. Je n'ai jamais vraiment eu l'occasion de penser aux hôpitaux, ces lieux invisibles de la guerre. On s'affaire beaucoup autour de moi... Mon état est-il si grave qu'il faille me demander ma religion ? Malgré la souffrance, malgré la morphine, je profite de chacun de ces instants qui m'éloignent un peu plus du cauchemar et de l'abîme dans lesquels nous avons sombré. Je souffre, mais je suis porté par la gentillesse et la compassion des soignants qui m'entourent. Je flotte doucement sur un océan d'attention. C'est bon. Mais toi, Matthieu, où es-tu, quels soins sont-ils en train de te prodiguer, contre quoi es-tu, toi, en train de lutter ? On m'interroge sur ta religion et je leur dis combien tu es croyant, combien Dieu compte pour toi !

Une femme pasteur veille sur moi. Sa voix, ses mains, sont douces et rassurantes, sa seule présence est un immense réconfort. Au plafond de cette salle blanche, des néons par dizaines. Je ne les vois pas. Mon regard les traverse, porte dans un ailleurs un peu flou... La morphine qui coule dans mes veines s'est bien battue et la douleur dans mes jambes s'est enfin évanouie. Je peux enfin lâcher prise, me laisser aller, réduire mon univers à la présence de cette femme pasteur, au son de sa voix, à la chaleur de sa main. Peu à peu, à mesure que j'abandonne l'état de survivant dans lequel l'accident m'a plongé, je reprends vie.

Mais tu n'es pas là. Tu n'es pas dans cette salle d'urgences, sous ces néons froids. Ton état, peut-être plus grave, a dû te conduire ailleurs, dans une salle de réanimation, un bloc chirurgical... On ne me dit rien de toi, et à dire vrai, je n'ai pas la force d'imaginer toutes les options, ce qu'ils sont en train de tenter pour te sauver, te tirer de là et te ramener à nous. Je suis encore un peu un naufragé... Mais ce n'est pas qu'une question de force et d'énergie. Instinctivement, je refuse d'y penser pour continuer à y croire et préserver encore un peu l'infime espoir que tu t'en es sorti. Je ne t'ai pas vu, tout est encore possible ! Je ferme les yeux, je refais le film du crash, je revois l'impact sur le sol, ce dernier mouvement de rotation de la machine qui a emporté la caméra loin de toi pendant que tu étais éjecté. C'est ainsi, forcément, que les choses se sont passées ! Le contraire serait trop injuste. Pas un mot, pas une réponse à mes appels ? Et alors, qu'est-ce que ça prouve ?! Ta tête a heurté un montant de la verrière, à moins que ce ne soit un de ces rochers qui tapissaient le sol autour de nous. Tu étais inconscient, voilà, c'est ça ! Rien de plus. Et pourtant, sur cette table sur laquelle je flotte, au fond de moi, je sais toutes ces hypothèses improbables. Mais je veux y croire, je ne suis pas encore prêt à accepter cette irréparable injustice.

*
* *

Un médecin vient. Je ne sais plus si lui aussi m'a pris la main.

Tu n'es plus là ! Tu n'as pas survécu au crash.

Le destin t'a envoyé sur un autre chemin que celui de cette salle d'urgences où nous aurions pu, dû, nous retrouver. Où nous aurions attendu ensemble notre rapatriement en France, où nous aurions échangé des regards que nous seuls aurions compris, où nous aurions, déjà peut-être et malgré la douleur, commencé à débriefer notre vol, le chasse-poussière, la turbine, le crash... ces dernières minutes où nous avons lutté ensemble, côte à côte. Nous aurions essayé de comprendre... Mais tu n'es plus là ! La caméra. La garce. C'était sûr.

Le vide s'est fait autour de moi, et une seule idée m'obsède : désormais, tes enfants vont devoir vivre sans toi. Et ce petit dernier qu'Alice porte encore ne verra jamais ton visage se pencher vers lui, ne sentira pas tes bras l'enlacer. Je flanche, je décroche… Dans cette salle aseptisée, l'attention et les soins de tous m'ont privé de l'énergie du naufragé qui me faisait tenir. Je me laissais porter, je flottais sans efforts sur les flots de leurs attentions, de leur tendresse et de leur gentillesse, et l'annonce de ta mort me fait sombrer d'un coup. Une lame de fond, une vague scélérate, vient de m'engloutir. Me vois-tu m'effondrer de là où tu es déjà, être submergé par les larmes ?

Que pourrons-nous dire à tes enfants ? Peut-être faudra-t-il commencer par leur expliquer la passion du vol, cette même passion qui nous pousse à partir, *à tout prix* ? Comment leur expliquer, maintenant que tu n'es plus là, que nous nous battions pour partir en Afgha', toi comme nous tous à l'escadrille ? Comment leur dire, alors qu'il ne leur restera désormais de toi que des souvenirs, que nous savons au moment de partir toute la part d'égoïsme que comportent nos choix. Tu dirais – et comme tu aurais raison – que la passion est un don. Mais aujourd'hui que tu n'es plus là, la tienne n'a-t-elle pas aussi été une malédiction ? En tout cas, une chose est sûre : on ne se choisit pas une passion, c'est une force qui s'impose et forge, parfois, un destin. Certains la refusent, la nient, mais tu n'étais pas de ceux-là. Ta famille était ton trésor, et pourtant, tu assumais que ta passion t'éloigne de ceux que tu aimais plus que tout. On est entre nous, on peut se dire les choses : oui, nos choix sont égoïstes ! Et courageux, car celui qui part souffre aussi. Mais que faire, et comment faire ? Combien sont-ils avant nous, dans le ciel, sur les mers ou les sommets, à être partis pour ne jamais revenir ? Il y a des forces et des destins contre lesquels il est inutile de lutter. Contre lesquels il ne faut pas lutter pour ne rien regretter à l'instant de son dernier souffle.

Nous connaissions les risques ! Mieux, nous étions heureux de pouvoir nous y confronter, de nous mesurer à nous-mêmes à travers eux, de connaître l'épreuve du feu, comme tant d'autres avant nous, que peut-être nous jalousions un peu. La mort, dans cette épreuve, a toute sa place. C'est même – pourquoi refuser de l'admettre – ce défi ultime que recherche le soldat, toi, moi, tous ! Mais nous ne sommes pas suicidaires. Le combat, nous nous y étions préparés, depuis des mois, des années, et nous avions confiance. Nous étions prêts à relever le défi de la guerre, à surmonter l'épreuve du feu. Nous reviendrions, heureux de rentrer comme nous l'étions de partir.

Mais nous n'avons jamais parlé de cette mort que nous allions côtoyer. À quoi bon ? À quoi bon semer le doute, à quoi bon fragiliser l'édifice que chacun se construit pour résister et ne pas trembler au moment de partir, de quitter les siens et embrasser enfin l'avenir radieux d'une mission attendue de longue date ?

Bientôt sept ans que tu n'es plus là…

À ton arrivée au régiment, je ne te connaissais pas. L'ALAT [1] est une petite famille et donc, bien sûr, nous nous étions croisés. Tu étais déjà lieutenant, je n'étais qu'aspirant. Tu allais devenir un de mes chefs, mais nul ne pouvait prédire si nous volerions un jour ensemble. D'ailleurs, souviens-toi, il s'en est fallu de peu pour que nous ne partions pas ensemble en Afgha' ! Mais ces mots que j'attendais – Fotius, tu pars en Afgha' –, qu'on espère tous, sont venus, inespérés. J'étais heureux de repartir. J'allais être des vôtres et bientôt avec vous, monter dans le bus, rejoindre Kaboul et retrouver l'air raréfié et brûlant de la Kapissa !

On part pour la mission, mais la mission, ce sont des hommes. Toi et moi, on ne se connaissait

1. Aviation légère de l'Armée de terre.

pas encore. Mais ton arrivée dans l'escadrille, et nos premières missions communes s'étaient merveilleusement passées. Nous étions, déjà, en train de tisser un lien invisible qui, peu à peu, allait nous unir, faire de nous deux un corps, un équipage de combat. Nous étions différents, en âges, en grades, en origines, mais une même passion nous unissait, un même respect mutuel, un même dévouement pour notre mission et pour nous tous. Ton expérience de vol était considérable, et de mon côté j'avais l'expérience de l'Afghanistan. J'ai tout de suite compris et aimé cette idée que nous aurions beaucoup à échanger, à apprendre l'un de l'autre.

*
* *

Il n'y a pas eu de grand moment fondateur d'une amitié formidable. Non, ces histoires-là sont pour les scénaristes. Au contraire, nous avons appris à nous connaître peu à peu, jour après jour, entraînement après entraînement. On s'apprivoise, on se découvre, dans le quotidien de notre travail, fait de mille petites choses banales. Ce qui est sûr, en tout cas, c'est que c'est à Canjuers que nous avons volé ensemble pour la première fois. Tu étais mon chef de patrouille, je t'appréciais sans te connaître et je savais que nous avions le temps d'apprendre à nous découvrir. Et s'il fallait marquer d'un signe le point de départ de notre aventure commune, ce serait là. Pour la première fois, nous étions projetés dans du vol tactique, dans ce que seraient nos missions en Afghanistan. Et pour la première fois, nous vivions ensemble, vingt-quatre heures sur vingt-quatre, avec le reste de l'escadrille, comme bientôt là-bas.

Une FOB [1] avait été reconstituée, différentes armes réunies dans le camp, les missions étaient calquées sur celles qui se déroulaient à Nijrab, Tagab ou Tora, sur les contreforts de l'Asie, à huit mille kilomètres de là. Pour la première fois, nous passions du temps ensemble, à discuter des entraînements à venir puis à nous débriefer. Nous avons commencé à nous découvrir, à nous connaître, même si le rythme des entraînements et l'environnement ne nous offraient pas la possibilité d'aller très loin, de dévoiler la moindre intimité. Ce n'est pas le soir, à la popote, que l'on ouvre les cœurs. De toi je ne savais presque rien... tu étais marié, tu étais le père de quatre enfants et en attendais un cinquième. Nous étions collègues, de bons collègues, qui s'appréciaient mutuellement mais que peu de choses, finalement, rapprochaient. Nous faisions notre boulot et apprenions – parce que la mission à venir l'imposait – à nous comprendre, à

1. Base opérationnelle avancée.

découvrir nos caractères et nos manières de fonctionner. Pour ce qui était de l'amitié, nous avions le temps, et chaque soldat sait que c'est la mission qui rapproche, le combat et le danger qui soudent les hommes.

Au milieu de tous, tu avais un style bien à toi. Quelque chose de british, d'un peu aristo, sans que jamais tu ne manques de simplicité ni de proximité. Tu étais discret, toujours ouvert à la discussion, sans jamais t'exposer ni trop te révéler. Ton style, c'était cette microvoiture que tu avais achetée peu de temps avant de partir. On ne t'a pas raté, le jour où tu es venu la garer à côté des Audi et autres BMW qui flambent habituellement sur les parkings des escadrilles ! Mais toi, plus flegmatique que jamais, tu tentais de nous convaincre : elle ne consommait rien, se faufilait dans les bouchons... Nous ne le savions pas ou nous refusions de l'admettre, nous avions devant nous l'avenir de l'automobile ! Au final, tu ne l'auras pas beaucoup conduite, cette petite voiture bleue... Et après ton grand départ, elle est restée longtemps sur le parking, orpheline, triste et toujours un peu timide, à nous rappeler que tu n'étais plus là.

Canjuers, c'était rustique. Sous la tente, un coin pour dormir, un coin pour travailler. Je garde de ces premières journées le souvenir d'un partage passionnant. Je t'apportais mon expérience de l'Afghanistan et toi celle du vol. Nous avions ce petit debriefing entre nous, après chaque présentation de mission. Tu écoutais, curieux et attentif. Tu soupesais les options que je te proposais, tu les questionnais à l'occasion. J'ai aimé ces échanges durant lesquels nous confrontions nos expériences.

Ensemble, à Canjuers ou ailleurs, nous simulions, répétions, encore et encore. Dix fois, cent fois s'il le fallait, jusque dans les plus infimes détails. S'entraîner, c'est l'essence même du métier. Ces entraînements, ces gestes devenus réflexes à force d'être répétés, sont la garantie de notre survie. Mais le combat n'est pas une science exacte, infaillible, et la chance finit toujours par entrer dans l'équation où l'on tombe un jour sur plus fort que nous. La guerre est un combat, et l'on ne combat jamais seul...

Nous étions encore en France mais nous agissions comme si nous étions déjà là-bas. Les missions, pour les troupes au sol comme pour nous, étaient les mêmes. Marsouins ou légionnaires s'emparaient du terrain, investissaient un village imaginaire, trois baraques en ruine. Et comme nous le serions bientôt, nous restions d'alerte. À la radio, le message tombait : *Troups in contact !* Et nous intervenions pour les dégager. Malgré tout ce qui nous séparait de l'Afghanistan, ces entraînements étaient extrêmement réalistes. Manquaient la chaleur, l'altitude, le danger et l'ennemi mais, pour ainsi dire, nous y étions déjà ! Et, surtout, plus important que tout, nous apprenions à travailler en équipe. À cette époque, nous ne savions pas encore si à Kaboul nous volerions ensemble, mais notre équipage, comme l'escadrille, assemblage d'hommes différents mais poursuivant un même but, fonctionnait déjà.

Un assemblage étrange, sans place ou si peu, pour nos vies personnelles. Malgré tout, tu savais, quand il le fallait, franchir ces frontières invisibles et partager avec nous quelques anecdotes de ta propre vie. Tu savais choisir, parmi celles-ci, celles qui feraient rigoler la bande. Assemblage étrange, car jamais nous n'évoquions nos motivations profondes, ce qui nous poussait à nous engager sur le chemin de la guerre. Non, vraiment, je n'ai nul souvenir d'avoir jamais discuté de cela avec toi. Mais qu'en dire ? Comment le dire ? Pourquoi partager ces inquiétudes profondes que chacun domptait à sa façon, avec son histoire, ses moyens ?

– On y va ?

– Oui, on y va !

Voilà, c'était tout. Inutile d'en dire beaucoup plus. L'important était que le jour du départ arrive, le plus vite, le plus tôt. Ce seront autant d'angoisses, d'inquiétudes, de remords peut-être, de laisser derrière nous tant d'êtres aimés, en moins. Tu étais militaire dans l'âme, le sens profond de la mission t'habitait, et partir en Afghanistan représentait l'accomplissement de ton engagement. Pour toi comme pour moi, pour toi comme pour tous les autres gars de l'escadrille, il n'y avait d'autre option que de partir. Tu étais un vrai soldat.

*
* *

Ainsi avons-nous avancé jusqu'au jour de notre départ. Déterminés et sereins, car nous nous savions prêts pour cette mission. Je sais à quel point ton départ fut pour eux une épreuve. Je garde gravé dans ma mémoire leurs regards attristés, un peu perdus au milieu de cette immense place d'armes sur le côté de laquelle un bus encore vide attendait, impassible et blasé, les derniers au revoir, les dernières étreintes mêlées de pleurs et d'angoisse, avant de nous emporter vers Roissy, Abou Dhabi, Douchambé puis, enfin, Kaboul ! Oui, je garde le souvenir d'une déchirure, d'une souffrance que Henri et Cyprien exprimèrent plus violemment que les autres, en tentant, par leurs pas, puis leur course le long du bus qui s'en allait, de retenir pour quelques instants encore, le regard de leur père. Ce bus, ce départ, nous l'espérions, nous l'attendions autant qu'eux le redoutaient. Pourtant, à bord, aucune joie, seulement un silence lourd et pesant que chaque kilomètre parcouru allégeait. La France défilait à travers les larges vitres de notre bus, et peu à peu la mission nous envahissait, se refermait sur nous.

Je ne saurais jamais comment tu vécus ce départ. Nous n'étions pas côte à côte dans le bus. Et quand bien même... Notre pudeur – notre fierté peut-être aussi – masquaient la tristesse et la douleur de la séparation. Plus tard, peut-être, sûrement, si le destin en avait décidé autrement, serions-nous revenus, autour d'une bière ou de ce barbecue que nous nous étions promis d'organiser au retour, sur ces instants, sur ces kilomètres qui nous éloignaient des nôtres en même temps qu'ils nous rapprochaient de notre destin.

Notre métier est fait de tant d'ambivalence... Sur le chemin de Kaboul, notre escale à Douchanbé fut à cette image. Le détachement français avait installé ses quartiers à quelques dizaines de mètres des bâtiments de l'aéroport international du Tadjikistan, aussi modeste que de pur style soviétique. Après le départ de la chasse, ne restaient que quelques baraques, une popote, une zone de transit et un hangar vide. De l'autre côté de la piste, abîmées par trop d'hivers meurtriers pour le tarmac, les carcasses vieillissantes d'avions qui, vu leur âge, ne pouvaient être que soviétiques. Sous les ailes de toile éventrées des Antonov 2, les herbes folles dansaient lentement, dans un terrible ennui, balayées par des souffles d'air légers et désœuvrés. Le temps semblait s'être figé ; nous étions spectateurs d'une autre époque, si proche et si lointaine, où l'étoile rouge des armées du même nom signifiait ici encore quelque chose.

*
* *

L'envie d'aller à Kaboul était là, palpable. Un peu comme un abcès qu'il faut crever après tant de mois de préparation et de sacrifices. L'envie d'y aller parce que nous étions prêts, parce que c'était *le* conflit du moment, parce que c'est là que nous allions enfin pouvoir nous confronter à nous-mêmes, au risque, au danger, à la mort ! Pourquoi nous mentir ? Nous, soldats, avons ce besoin ancré au plus profond de nous, ce besoin de pousser loin, de provoquer ce face-à-face égoïste. Mais voilà, il y avait aussi chez chacun de nous, je crois, cette idée inconsciente que plus tôt nous serions à l'œuvre, plus tôt démarrerait la mission, plus tôt aussi nous serions rentrés. Loin du danger et près de vous.

Puis est venu un doute inquiétant : peut-être allions-nous devoir poser à Bagram, à une cinquantaine de kilomètres de Kaboul, qu'il faudrait alors rejoindre par la route. Une route facile, mais potentiellement truffée d'IED et propice aux embuscades. N'était-ce pas le mode d'agression favori des insurgés ? N'était-ce pas sur la route que des dizaines, des centaines de soldats avaient trouvé la mort, impuissants dans leurs blindés ? Soudainement, l'ambiance n'était plus exactement la même. Dans ce convoi, nous le savions, nous ne serions que de simples passagers, des soldats désarmés à l'arrière des VAB, dans le noir des trappes fermées par les blindages. Émergeait subitement l'idée que notre entrée en mission ne se passerait peut-être pas comme nous l'avions imaginé, et que les choses pourraient mal tourner dès le premier jour.

Notre inquiétude n'était pas qu'un pur fantasme : les abords mêmes de Kaboul restaient extrêmement dangereux. Chacun y allait de son commentaire. Nous imaginions des situations, l'explosion d'un IED, une embuscade... comment nous devrions réagir, nous placer. Mais tout cela n'avait aucun sens, et nous le savions. Les convois étaient sécurisés par des gars entraînés, bien armés, et sur le terrain depuis des mois. Mais peu importait ; ces discussions nous rassuraient et nous évitaient de rester seuls à ruminer des idées mortifères, évacuaient cette question précise : « Et si ça se passe mal ?! » C'était aberrant, mais l'imagination ne se maîtrise pas aussi facilement, et le meilleur moyen de la dompter était encore d'occuper au maximum l'espace de nos pensées pour ne pas sombrer dans une angoisse stérile.

Sur les abords du tarmac, les marches de la popote, autour des tables sans âme qui occupaient l'espace de l'ordinaire ou dans les fauteuils usés par tant de treillis, nous allions et venions dans l'attente de notre Transal et de nouvelles informations sur notre point de destination. Nous rediscutions, une fois encore, des missions passées, de la mission à venir, de ces mille et une choses qui peuplaient nos discussions depuis des mois. Nous formions un tout uni, et tu étais un parmi nous tous. Nous allions frapper aux portes de la guerre, et pourtant nous étions dans une forme de routine.

L'information finit par tomber : nous ne passerions pas par Bagram, l'immense base américaine héritée des Soviétiques. C'était un véritable soulagement. Le Transal à bord duquel nous franchirions les derniers kilomètres qui nous séparaient encore de Kaboul était là. En gravissant la rampe, en pénétrant dans l'ombre du cargo, nous quittions le monde de la paix. Nos pas résonnaient sur le pont métallique, nous étions saisis par la fraîcheur qui régnait dans la carlingue, et quelques instants plus tard, les lourds vérins hissaient lentement la rampe. Bientôt ne survécut plus qu'un mince filet de lumière qui finit, lui aussi, par disparaître. Le silence fut de courte durée. Déjà, le ronflement sourd des turbo-propulseurs envahissait l'espace, accompagné d'odeurs de kérosène et de quelques rares lumières blafardes qui éclaireraient nos regards perdus dans le vide. Demi-tour en bout de piste. Le Transal s'élançait, vibrait de tous ses rivets, et sans même attendre de quitter le sol, chacun de nous se repliait sur lui-même, s'isolait dans sa bulle, ses pensées, la maison ou au contraire, déjà la Kapissa.

*
* *

Dans la soute opaque, pas le moindre repère visuel. Seules nos montres, puis bientôt le changement de rythme des turbopropulseurs nous indiquaient que nous étions en approche de Kaboul. La machine s'incline, pique, se pose. Le taxiway, et enfin les turbines faisaient relâche. Et alors que les derniers tours d'hélice achevaient de ramener le calme dans la carlingue, un mince filet de lumière, le même que celui que nous avions perdu à Douchanbé, perçait, timide puis de plus en plus vaillant, à l'arrière de la soute. La rampe s'ouvrait, et l'air brûlant et éclatant de lumière de Kaboul nous sautait à la gueule. Il y a quelque chose d'étrange, d'à la fois extraordinaire et banal dans ces débuts de missions. On y entre peu à peu, sur la place d'arme du régiment, dans le bus qui nous conduit à Roissy, dans l'avion qui nous porte jusqu'à Douchambé. Là, les choses s'accélèrent, s'intensifient. Subitement, l'environnement s'impose, les références avec le monde que l'on vient de quitter se raréfient, et celui de la guerre commence à se refermer sur nous. L'ouverture de la rampe du Transal, sur le tarmac de l'aéroport international de Kaboul, provoquait le choc final, celui qui nous faisait définitivement basculer. Dès la sortie de l'avion, l'immersion était totale, absolue. La chaleur, la poussière, les montagnes qui ceinturent l'aéroport s'imposaient. Les hommes en armes, les machines de guerre par centaines, le trafic aérien s'imposaient eux aussi. La rampe du Transal descendue, le premier pas posé sur le tarmac et nous étions absorbés, happés par cet univers irréel dans lequel nous avions sciemment choisi de nous jeter.

Tout avait changé depuis 2009, et les « Corimec », ces containers transformés en chambres dans lesquels nous étions alors installés, avaient laissé place à des bâtiments modernes, situés de l'autre côté de la piste de l'aéroport. Le signe d'un conflit qui s'éternisait... Aux abords de la piste, ces nouveaux bâtiments dessinaient une petite ville qui constituerait désormais le cœur de notre univers. Pas de temps mort. À peine débarqués, nous étions pris en charge par quelques personnels qui nous firent visiter les lieux. Le bâtiment « Ops », l'ordinaire, nos chambres... J'ai immédiatement ressenti quelque chose de pesant, que je n'arrivais pas à m'expliquer et qui ne ferait que s'amplifier les jours suivants. L'atmosphère n'était pas la même... Étaient-ce ces bâtiments de brique rouge, serrés les uns contre les autres, ces rues étroites, cet assemblage de nationalités ? Était-ce cette poussière permanente, bien plus présente qu'en 2009 et qui s'insinuait partout, au point d'avoir mal au nez, de saigner parfois lorsque nous nous mouchions en fin de journée ? Était-ce tout simplement une mauvaise idée de comparer, de chercher à retrouver les mêmes sensations, l'espace ouvert dont nous disposions alors autour de nos Corimec et qui laissait venir jusqu'à nous le ciel afghan et ne cachait rien des collines sublimes qui nous entouraient ? Quelque chose m'étouffait, que je n'arrivais pas à définir et que tu ne ressentais pas, car pour toi tout était nouveau.

Nous avons pris possession des lieux. Chaque équipage découvrait sa chambre, et c'est ensemble que nous nous sommes installés. Désormais, nous ne nous séparerions plus. Désormais, l'opérationnel primerait sur tout. Désormais, nous constituerions un binôme indissociable. Nous mangerions ensemble, nous nous reposerions ensemble, totalement dévoués à la mission. Dans notre chambre, le strict minimum : deux lits, deux armoires, une seule table ! Mais pour moi qui comparais encore à la mission de 2009, cela relevait d'un luxe inouï. À l'époque, dans les Corimec, espaces resserrés de seulement deux mètres sur deux, deux équipages s'entassaient sur deux lits superposés se faisant face. Le partage de l'espace, le choix du lit, s'est fait naturellement, sans même avoir besoin de nous consulter, d'en discuter. Force de l'habitude du vivre ensemble, de l'entraînement et de l'expérience acquise, opération après opération. Je prenais le meilleur lit, à la fenêtre, sans même m'en rendre compte. Peut-être aurais-je dû consulter mon chef de bord ? Je ne le fis pas, et, de toute façon, jamais l'idée d'une quelconque prérogative liée au grade ne te serait venue à l'esprit.

Cet espace, qui serait désormais le nôtre, ne laissait aucune place à la moindre intimité. Mais qu'importe. Nous savions depuis longtemps respecter celle de l'autre. Nous savions aussi que nous ne passerions que très peu de temps dans cette chambre, qui ne serait rien de plus qu'une sorte de dortoir. Appeler en France, sa femme, la famille, étaient les seuls moments d'intimité pour lesquels nous recherchions l'isolement. Dès ce premier soir, tu as pris l'habitude de descendre au CO [1] pour appeler les tiens ; tu savais pouvoir t'y

1. Centre opérationnel.

retrouver tranquille. Tu m'abandonnais du même coup la chambre, et j'appelais moi aussi en France où, comme toi, j'avais laissé Stéphanie seule. Jusqu'au bout, chaque jour ou presque, dès que la mission t'en laissait le loisir, le même rituel. Tu descendais, et alors que j'entendais tes pas s'éloigner dans le couloir, j'ouvrais mon ordinateur pour lancer Skype.

La nuit tombe tôt et vite sur Kaboul. Je ne me souviens pas que nous ayons traîné, ce premier soir, à la petite popote du détachement. C'était parti ! Dès le lendemain, nous le savions d'expérience, comme à chaque début d'OPEX, nous allions être submergés. La journée, et celles qui suivraient, seraient longues et intenses. Dans quelques jours, ceux que nous venions relever ne seraient déjà plus là et leur impatience de rentrer valait bien la nôtre de nous battre. Une course contre la montre venait d'être lancée.

*
* *

Deux cents mètres seulement séparaient nos chambres du PC Ops, situé face au tarmac, à quelques mètres des machines et des containers où était stocké le matériel des équipages. Une bonne part du circuit administratif avait déjà été effectuée la veille, et cette deuxième journée serait essentiellement consacrée au matériel. De France, nous n'avions apporté que notre armement personnel. Tout le reste devait être fourni à Kaboul. Ce qui allait devenir *notre* container, était tapissé de rayonnages, simples planches de bois brut vissées aux parois métalliques du « KC20 ». Y étaient entreposés tous nos futurs équipements : sacs de vols, casques, optiques de nuit, gilets pare-balles, chargeurs... Nous avons commencé par-là, par fourrer dans nos sacs de vol l'ensemble de ces équipements et rapporter tout ce barda dans notre salle de repos. Là, qui par terre, qui sur une table, nous avons minutieusement préparé notre matériel, mis en ordre de marche ce qui n'était encore, en ce début de matinée, qu'un amas disparate d'équipements divers. Peu à peu, cette masse inerte de métal, de Kevlar et de bakélite devenait un ensemble logique et cohérent, des outils opérationnels qui, peut-être, nous sauveraient la vie. Les risques d'être touchés étaient faibles, mais c'était pourtant bien à cette hypothèse tragique que nous nous préparions paisiblement ce matin-là. Un crash, une panne, un posé dur... et nous nous retrouverions seuls, isolés en zone hostile. Alors il faudrait tenir...

Un détail peut tout changer. Nous avons passé l'après-midi suivant à configurer nos pare-balles, nos différents équipements. Chaque élément de ce puzzle vital devait trouver sa place, celle qui pourrait nous maintenir en vie. L'objectif était de concilier les contraintes du pilotage avec celles de notre propre sécurité. Nous discutions, échangions nos points de vue, explorions les différentes options. Pourquoi conserver sur soi les chargeurs de notre FAMAS alors que celui-ci était placé à l'arrière du cockpit ? Nous imaginions les situations qui nous obligeraient à l'utiliser et arrivions à la conclusion qu'il était préférable d'en porter quelques-uns, malgré tout, au cas où nous aurions à nous battre immédiatement.

Ces équipements pouvaient contrarier nos mouvements, compliquer le pilotage, voire rendre certaines manœuvres impossibles. Alors, assis sur une chaise, nous mimions, étrange pantomime, un virage à gauche, un virage à droite ; nous manœuvrions dans le vide le pas général, saisissions un instrument, basculions un contacteur sur une planche de bord virtuelle. Trop de chargeurs sur le devant du pare-balles, et nous ne pouvions manœuvrer le manche dans tout son débattement ; la trousse médicale fixée du mauvais côté, et nous ne pouvions plus manœuvrer le pas général avec assez d'aisance ; les CIRAS étaient nouveaux pour nous ; nous avancions à tâtons. Ça ne collait pas, le collègue avait un doute, et tout était à refaire :

retirer les sangles de la sacoche, les repasser dans les passants voisins du pare-balles, et tester de nouveau. Il n'y avait pas de règles. Seules comptaient notre intuition et l'expérience. Alors seulement, quand le résultat nous semblait satisfaisant, nous allions confronter nos choix à la réalité du cockpit. Ces allées et venues entre le bâtiment et les Gazelle dessinaient un étrange ballet. Pour nous rassurer, parce qu'on ne sait jamais, nous embarquions trop de matériel ! Un classique en début de mission !

Au milieu de tout ce fatras, la trousse de secours et le garrot « tourniquet » suscitèrent bien des discussions. Curieusement, alors que nous n'étions pas avares côté chargeurs, nous étions prêts à y aller à l'économie, et ne restèrent au fond de cette sacoche noire que les tirettes de morphine, un peu de strap et de désinfectant. Avec la trousse de secours, le « tourniquet » était le seul élément disposé de telle manière que notre binôme puisse s'en servir pour tenter de sauver son coéquipier. Toi sur ta droite, moi sur ma gauche. Curieusement, rien des drames éventuels qu'auraient pu nous renvoyer ces outils ne faisait surface. Nous les manipulions froidement, sans nous projeter au-delà des gestes techniques, de ce que signifie, *dans le fond*, poser un garrot à un copain ! Non, ici, à Kaboul, ils n'étaient que des objets neutres, des outils nécessaires à la mission, au même titre que nos armes, l'eau, notre sac de couchage... Froidement, sans mesurer le sens de ce que nous évoquions entre nous, nous parlions de points d'impact, de points d'entrée et de sortie d'une balle, de comment réagir dans un cas ou dans l'autre. Où poser le garrot ? – Ici ou là ? Non, c'était trop bas. Allez, remonte un peu ! Jamais nous ne pensions à l'éventualité concrète de prendre une balle, à la possibilité concrète d'une hémorragie, ce que cela signifierait réellement pour celui qui serait touché. Il n'y avait pas de relation de cause à effet, et jamais nous n'imaginions la scène. Il fallait que nos choix soient les bons, que cela fonctionne, rien de plus. Nous restions froids, sereins et méthodiques. L'idée du danger ne suintait pas de partout et je ne me souviens pas avoir perçu chez aucun d'entre nous le moindre sentiment de stress. Nous n'étions pas non plus dans le déni, nous n'excluions pas naïvement le risque car nous avions pour la plupart déjà essuyé des tirs.

Non, aussi étrange, aussi étonnant que cela puisse paraître, nous étions trop plongés dans nos préparatifs, dans l'urgence de relever nos copains, pour réfléchir à ce qui se cachait derrière ces objets. Les missions seraient dangereuses, nous le savions, et nous mettions méthodiquement toutes les chances de notre côté pour que tout le monde rentre. Le risque, le danger, le soldat les intègre parce qu'ils font partie de son univers, parce qu'il est venu les chercher. Ils sont là, présents, mais leur prêter trop d'attention serait une erreur. La dynamique du soldat, de toute façon, est ailleurs, offensive, dans le combat, et penser à la mort c'est déjà laisser s'insinuer dans les esprits l'idée de la défaite. Nous étions venus pour appuyer les troupes au sol, nous étions venus pour un combat, et seule cette idée nous envahissait.

Et puis, tout de même, ce n'était pas Verdun, ni même l'Indochine, ni même... Quel paradoxe, quelle douleur d'avouer, maintenant que tu n'es plus là, qu'objectivement, les risques étaient plutôt limités. Oui, objectivement, la mission n'était pas si risquée. Nous étions loin des fantassins qui, eux, avaient collectivement et individuellement la certitude que tous ne rentreraient pas. À dire vrai, nous, pilotes, avions la certitude inverse ! Nous rentrerions tous, c'était pour nous une évidence. L'insurrection ne disposait que de très peu de missiles sol-air, et les rares groupes qui avaient mis la main, Dieu seul devait savoir comment, sur ces armes, veillaient sur ces trésors comme sur la prunelle de leurs yeux, et ne les tiraient qu'avec la certitude de toucher au but. Elles étaient pour eux des armes de parade et de pouvoir, des signes de puissance sur la petite scène de leur géopolitique insurrectionnelle. Nous avions peu à redouter de ce côté-là, et la seule menace qui subsistait réellement venait de leurs armes automatiques ; mais, entre 300 et 600 mètres-sol, nous restions le plus souvent hors de leur portée. Et lorsque nous devions descendre bas, en vol tactique à moins de dix mètres-sol, à plus de 150 kilomètres/heure, nous ne risquions rien. Trop bas, trop vite, nous prenions l'ennemi par surprise et la probabilité d'être touchée était infime. À peine nous avaient-ils vus que nous avions déjà disparu. Finalement, les seules phases critiques restaient les phases de tir, lorsque nous devions descendre et nous stabiliser quelques instants, et les phases de décollage et d'atterrissage sur les FOB dont les DZ [1] n'étaient situées qu'à quelques centaines de mètres de la zone verte, là où se terraient les insurgés, à portée de tir de leurs Kalashnikov, de leurs Dragounov ou de leurs Shikom. Là, oui ! le temps de quelques minutes nous étions vulnérables. Concentrés sur une manœuvre le plus souvent délicate, riposter n'était pas évident.

*
* *

À la fin de cette journée, nous étions prêts. Dans notre KC20, alors que nous refermions, le

1. Zone d'atterrissage des hélicoptères.

soir venu, les lourdes portes d'acier, tous nos équipements étaient rangés, alignés : casques, optiques de nuit, pare-balles, armement et sac de vol avec nos gants, notre couteau coupe-sangles, nos documentations. La nuit descendait sur Kaboul, et nous nous étions rapprochés encore un peu plus de notre première mission.

Nous étions prêts, et l'envie de voler nous tenaillait. Ce deuxième soir, à la popote, malgré la nuit tombée, la température ne baissait pas. Des Turcs, des Ukrainiens, des Polonais... toutes les nations du monde se retrouvaient ici pour lutter contre l'insurrection talibane. L'ambiance était calme et tranquille, les combats semblaient se dérouler à des années-lumière des seuls éclats que nous entendions ce soir, de rire et de bouteilles. Nous trinquions à la mission, au plaisir d'être ici, à nous.

La Kapissa, zone des combats français, où chaque jour des fantassins patrouillaient et se faisaient « tiquer » toujours plus violemment, était cette fois à portée de pales. Demain, après-demain, nous allions nous retrouver le cul en l'air, nous allions être lâchés ! Il n'y aurait pas de vol d'entraînement, de découverte du terrain. Nul espace pour ça ! La guerre était aux portes du camp, derrière les immenses *bastion walls* qui faisaient rempart entre elle et nous.

Ces deux ou trois premiers jours étaient calmes, car nous ne faisions rien dans la précipitation. Pourtant, j'eus le sentiment de vivre au cœur d'une fourmilière. Les partants étaient pris en tenaille entre des missions à assurer jusqu'au bout, les préparatifs de leur départ et le passage des consignes à ceux qui arrivaient, nous. Ça grouillait dans tous les sens. Eux, impatients de partir, de rentrer, de mettre enfin derrière eux la mission. Et nous, qui butions sans cesse sur des procédures nouvelles, qui étions à la recherche d'une info ou d'un conseil, leur faisions la chasse. Et déjà, nous commencions nos premiers vols...

*
* *

Puisque avec toi je me souviens, comment pourrais-je ne pas évoquer ces *nous* dont je parle sans cesse, ces garçons, pilotes, chefs de bords, mécano, qui t'accompagnèrent peut-être plus que ta famille ne le fit durant tes six derniers mois, présents à tes côtés presque chaque jour, parfois vingt-quatre heures sur vingt-quatre. Ces collègues, camarades, qui finirent la mission sans toi et à qui ton départ a tant coûté.

Une escadrille, c'est une petite famille. Quatre machines, quatre équipages. Quatre équipages, huit « pax ». Bryan, notre chef de module « Gazelle », était le patron. Un gars simple, proche de nous, toujours accessible ; un sportif, un fêtard, extrêmement sérieux dans son boulot. Il nous transmettait son énergie et son envie avec un panache qu'il savait faire partager. Max, son pilote, était un vieux de la vieille, un comique invétéré, une grande gueule, toujours à se marrer ; il avait un de ces rires sonores et communicatifs qui emportaient tout. Le marrant de la bande ! Léon était le golfeur de l'escadrille et, accessoirement, chef de patrouille ; carré, consciencieux, le mec qui sait tellement bien de quoi il parle qu'il faut une bonne dose de conviction pour le faire bouger de ses positions. Un vrai chef, un leader, mais rarement le dernier à déconner. Comme pour moi, cet Afgha' était son second. Foster, son pilote, était le jeune de la bande : cette mission était sa toute première OPEX ! Un vrai bon gars, toujours enthousiaste, prêt à donner un coup de main ; un « vrai jeune » aussi, avec ses tics à la con, comme lancer une balle de ping-pong dans un gobelet, encore et encore, pendant nos debriefings. Ça nous faisait marrer un temps, puis nous exaspérait. René et Corben formait le troisième équipage. René toujours à fond dans la mission et passionné de matériel donnait l'impression d'un gars un peu « mytho ». Quelle que soit la situation, il avait toujours une anecdote à balancer ; et à chaque fois, Max s'engouffrait dans la brèche, lui balançait une vanne, se foutait de lui et Bryan en rajoutait une couche. C'était réglé comme du papier à musique ! Cet Afgha' était la première OPEX de Corben. Jusque-là, il avait redoublé de malchance : une crise d'appendicite et l'éruption de l'Eyjafjöll en Islande l'avaient privé de ses deux premières missions ; il se passait rarement longtemps avant que l'un d'entre nous, histoire de l'emmerder un peu, ne lui rappelle sa malchance. Pour le reste, son trip à lui, c'était la musculation, la guitare et le hard-rock. Il avait d'ailleurs un petit air gothique qui le poursuivait encore malgré l'uniforme, avec son teint un peu blafard et ses cheveux longs. Chacun jouait sa part de la partition parce qu'au final, tout ça mettait de l'ambiance, faisait baisser la pression.

Comme toutes les escadrilles, nous constituions une famille originale et unique, faite de hiérarchie et d'amitié, de proximité et de distance. Ça n'était pas « Pappy » Boyington et *Les Têtes brûlées*, n'exagérons rien, mais tout de même, nous ne manquions pas de caractère ! Nous savions déconner et, plus que tout, nous étions unis comme l'étaient les gars du Black Sheep Squadron et avions produit le même cocktail d'amitié, d'humour, de professionnalisme et de courage.

Dans nos cockpits, nous savions tout de l'autre : ses qualités, ses faiblesses, ses réactions... La vie de l'un était dans les mains de l'autre, et réciproquement. Nous formions des binômes solides, unis par la mission, le risque et le danger, et la somme des petites cellules que formaient nos équipages faisait l'escadrille. En ce début de mission, cet assemblage d'hommes n'était encore qu'un terreau duquel allait naître une amitié particulière, celle du soldat à la guerre, aussi profonde que superficielle. Nous étions à l'aube de quelque chose de nouveau : mission après mission, ensemble au feu, nous allions devenir des frères d'armes. Des liens uniques, de ceux qui se tissent dans les parages de la mort, dans le sang qui pourrait couler, allaient nous lier à tout jamais.

*
* *

Ce n'était pas beaucoup, à peine deux kilomètres. Et pourtant, avoir déplacé la base de l'autre côté de la piste de l'aéroport international changeait tout. Difficile de faire la part des choses, de faire le tri entre le subjectif et l'objectif, et j'avais décidé de ne pas t'en parler. Je me trompais peut-être, je ne voulais pas t'inquiéter, ni t'encombrer avec des impressions qui peut-être n'avaient pas de sens. Je verrais bien à l'usage. J'avais tout le temps de m'adapter, de m'acclimater à ces conditions nouvelles et difficiles. Oui, nous verrions bien... Mais tout de même ! Cette fois, au nord de la piste, l'aérologie n'avait plus rien à voir. Ce devait être cette petite crête rocheuse, haute de quelques centaines de mètres, qui barrait l'horizon et qui provoquait ces turbulences difficiles à gérer. Formidable point de vue sur la base, cette protubérance géologique avait d'autres raisons de nous inquiéter. L'armée afghane avait investi la place, et nous pouvions distinguer sans peine leurs postes bricolés et accablés de chaleur. Les canons de leurs 14,5 pointaient, mais nous ne savions que trop bien qu'il ne faudrait pas un exploit pour que les insurgés les délogent de là et profitent, eux aussi, mais avec une attention moins amicale, de ce point de vue exceptionnel. Ce n'était pas une obsession, seulement une petite pression supplémentaire.

À dire vrai, on galérait ! Déjà, en 2009, la situation était difficile, nos machines en limite de puissance. Mais elles réagissaient bien. Là, plus rien n'était pareil... Tu ne manifestais, de ton côté, aucune inquiétude particulière. Tout juste as-tu fini par me confier un soir que tu ne t'attendais pas à une situation aussi compliquée, qui exigerait de nous autant de vigilance. Mais tu étais confiant. Parce que c'était dans ton caractère, parce que tu savais pouvoir puiser dans ton énorme expérience aéronautique. Cette expérience – je l'avais mesurée depuis des mois – était réelle, palpable, concrète et se révélait dans les situations difficiles. Toujours serein, tu analysais, proposais de prendre le manche. Une maîtrise qui me rassurait autant qu'elle m'impressionnait.

Mais ce n'étaient pas ces difficultés qui allaient nous faire passer l'envie de voler, l'envie de sortir, de crever enfin la bulle dans laquelle nous étions enfermés depuis deux, trois, quatre jours, je ne sais plus... Cette fichue mémoire qui encore me fait défaut. Tu n'avais pas cette impatience. En tout cas, tu ne la montrais pas. Nous n'avions pas le même âge, pas le même grade, pas la même expérience. Question de maturité, sans doute. Ton tempo était celui de la mission, que tu respectais par-dessus tout. Le temps du premier vol allait venir, et tu l'attendais calmement.

*
* *

L'attente, le manque d'action, ces mois entiers de préparation et d'entraînements pesaient de plus en plus lourd à mesure que nous nous rapprochions du premier vol. Sortir, voler, était aussi une libération, une délivrance. Enfin allions-nous pouvoir plonger dans les paysages immenses et d'une beauté majestueuse qui nous séparaient des zones de combat. Enfin allions-nous pouvoir investir la troisième dimension, *notre* dimension, celle de l'air et du vol. Enfin allions-nous pouvoir faire notre job, aider ces centaines de fantassins qui, du nord au sud de la Kapissa, dans les moindres recoins de la zone verte, à moins que ce ne soit en pleine MSR [1] où un IED aura fait sauter leur convoi, attendaient que viennent du ciel les appuis qui leur permettraient de se dégager de l'emprise des insurgés, de s'en sortir, et continuer de vivre.

Aussi forte que soit l'envie, la première sortie est toujours impressionnante. C'est une autre bulle qu'il faut crever. Celle d'une base quasi imprenable, à l'abri des insurgés. Celle du confort dans lequel nous étions maintenus jusqu'à présent. Sortir, c'est se confronter au monde extérieur, au monde de la guerre, avec ses dangers et ses menaces. Sortir, c'est aussi se confronter à soi-même. Cette fois, on ne joue plus ! Les Russes avaient mangé leur pain blanc, les Américains étaient à table... et nous, nous allions entrer dans la danse.

Le temps des premiers vols, nous n'étions jamais sereins mais, au contraire, constamment aux aguets. C'est le propre des débuts de mission que d'en faire un peu trop. À peine avions-nous franchi les *bastion walls*, que nous étions plongés dans le bain afghan ! Il n'y a pas de zone de transition ; seulement un « dedans » et un « dehors ». Les faubourgs de la

1. Route principale d'approvisionnement.

ville qui nous entouraient n'étaient pas sécurisés, malgré une présence militaire impressionnante. Ces alignements de maisons basses, ces milliers de coins et recoins, ces zones d'ombre où pouvait se cacher un tireur embusqué, étaient menaçants et inquiétants. Des IED sautaient régulièrement au passage des convois, des avions ou des hélicoptères de la coalition étaient pris pour cibles. Nous étions fragiles. Ces premiers kilomètres au-dessus de cette zone urbaine étaient délicats et réclamaient toute notre attention. Nous scrutions, le regard tendu et acéré, le moindre espace d'où un tir pouvait partir.

Au-delà, une fois franchis ces premiers kilomètres, s'ouvrait à nos regards alors que nous prenions de l'altitude, l'immense beauté de l'Afghanistan. Kaboul laissait place, sans presque aucune transition, à une plaine désertique qui s'évanouissait dans les remparts hauts et sévères d'un massif montagneux qui nous barrait la route du Nord. L'air était rare et dilaté. Déjà, nous volions à plus de deux mille mètres d'altitude ! Les pales de nos machines brassaient un air trop léger, et grimper était une épreuve. Plus que nulle part ailleurs, nous étions des oiseaux à la peine, et franchir cette barrière de roche, de sable et de poussière, était illusoire. Alors, comme cette marée permanente de véhicules en route vers le Pakistan, nous devions, nous aussi, pénétrer la seule faille que la nature, conciliante, avait concédée aux hommes. Et suivre, comme eux tous que nous apercevions au fond du canyon, la « Highway 7 ». La fissure était étroite, le gouffre profond et la roche si noire qu'elle absorbait tout. Aussi loin que pouvait porter notre regard, jamais la moindre végétation ; l'univers qui nous entourait était parfaitement minéral. Au milieu de cet abîme, et malgré les heures de simulateurs en France, nous avions le sentiment partagé de n'être rien. Des centaines de mètres sous nos pieds, la cohue de milliers de camions-citernes, de pick-up, de minibus s'aggravait au moindre incident, accident ou attaque terroriste. Malgré la guerre, les hommes voyageaient et commerçaient, bravant des risques insensés. Je ne me souviens pas avoir jamais rejoint par l'esprit cette communauté d'hommes, de femmes et d'enfants que la coalition à laquelle nous appartenions tentait d'aider. Cette masse mouvante avait quelque chose de fascinant, mais nous avions, nous aussi, à lutter. Des parois brûlantes qui défilaient à quelques centimètres à peine de l'extrémité de nos pales se décrochaient à intervalles réguliers d'épaisses masses d'airs brûlantes. Brutales, violentes, elles venaient frapper la carlingue de notre Gazelle avec rage, nous bousculaient, avant de poursuivre leur course folle et verticale. Il fallait tenir la machine, maîtriser ces excès de violence, garder le cap.

L'ascension, pour s'extraire de cette cathédrale de roche, était lente, pénible, ardue. Pour grimper,

grimper encore, nous devions tirer sur les ressources d'une machine déjà éreintée par l'altitude et la chaleur. Le canyon finissait par s'écarter, ses parois verticales laissaient peu à peu place à des estrades de plus en plus larges et vastes, puis nous libérait d'un coup de son emprise. L'espace, soudain, s'ouvrait. Un plateau sans fin s'étirait jusqu'à Tagab, au cœur de la Kapissa. Parfois, surprises inexplicables, notre regard accrochait une présence ; un berger, ses quelques bêtes, s'étaient aventurés dans ce qui n'était pour nous qu'un désert lunaire. Fils de cette terre, il avait défié en confiance cet espace immense pour que ses bêtes vivent. Il y avait de la beauté dans cette alliance entre l'homme et la nature. Pourtant, installés dans notre machine de guerre, nous ne voyions dans ce jeune garçon paisible et anodin rien d'autre qu'une menace. Portait-il une arme, cachée sous son long qamis ? Allait-il alerter, signaler, consentant ou sous la menace, notre présence ? Ami ? Ennemi ? La guerre avait fait exploser les frontières qui séparent habituellement les hommes de paix des hommes de guerre. Nous n'avions d'autre choix que de douter de tout et de tous, perpétuellement, aussi épuisant que cela fût.

Cette « route » n'était pas la seule pour rejoindre les zones de combat. L'Histoire est faite pour se répéter, et nous gardions tous en tête l'expérience des Soviétiques qui payèrent cher les nombreuses embuscades des moudjahidin de l'Alliance du Nord. Ne jamais repasser au même endroit, ne pas revenir sur ses pas, des règles qui valent pour le pilote comme pour le fantassin. Malgré tout, ces routes étaient sûres. Elles étaient éloignées des zones de combats et isolées, les risques étaient limités. Mais cela ne nous empêchait pas, durant ces premiers vols et contre toute logique, d'être en permanence sur le qui-vive, de « chouffer » plus que de raison, de garder à l'esprit les pertes soviétiques, les risques d'embuscades improbables. Tu balayais sans cesse l'espace de ta caméra à l'affût du moindre danger, de la moindre menace. C'était trop et nous le savions, mais ça passerait, avec le temps, avec les vols qui allaient s'enchaîner. Ça aussi, nous le savions.

*
* *

Nos toutes premières missions furent d'emblée de « vraies » missions, effectuées en tandem avec l'escadrille que nous venions relever. Des missions d'escortes, tactiquement plus simples que des missions d'appui des troupes au sol. Ces missions se préparaient sans urgence, une journée, parfois deux en avance. Les chefs de bord pouvaient échanger tranquillement avec leurs prédécesseurs et apprendre d'eux ces mille détails qui ne s'apprennent dans aucun manuel, aucun « retex », mais seulement sur le terrain, de ceux qui en ont l'expérience la plus récente, qui des mois durant ont baigné dedans. Une zone de guerre, c'est une chose vivante, en mouvement permanent. Les insurgés s'adaptaient sans cesse à nos tactiques, et à notre tour, nous nous adaptions à leur adaptation. Une sorte de mouvement perpétuel auquel seul le retrait des troupes de l'OTAN mettrait fin. Pour retomber alors dans un temps figé. Au fond des vallées, les chefs de guerre, de clans, de villages, de familles, reprendraient leurs droits, remettraient de l'ordre dans leurs affaires. Mais cette histoire centenaire, peut-être plus encore, était loin du cœur de nos priorités. Notre urgence était d'obtenir la maîtrise du terrain et de nos missions. Pour cela, avant de voler, nous devions nous nourrir de ces dernières informations, connaître leurs derniers pièges, les zones favorites de tir des Taleb'... connaître le terrain, la topographie, les dangers d'une aérologie capricieuse, parfois redoutable, que la plupart d'entre nous découvrions pour la première fois. De notre côté, pilotes et mécano, nous prenions le pouls de nos machines avec les collègues qui, depuis quatre mois, volaient avec quasi quotidiennement.

Pour le reste, nous étions dans la routine, celle de missions cent fois réalisées ailleurs, sur d'autres continents, d'autres terrains, d'autres opérations. Ces missions d'escortes étaient annoncées, prévues quelques heures ou quelques jours avant leur déclenchement. Tu récupérais les éléments auprès de notre commandant de bataillon et de notre chef d'escadrille. Dans la salle Ops, les objectifs tombaient, et chacun pouvait exprimer son point de vue, mettait la mission à l'épreuve de son expérience, de sa perception ou de sa connaissance du terrain. La météo, la configuration physique de la zone... autant d'éléments qui pouvaient conduire l'un de nous à remettre en cause la validité de la mission. L'objectif n'était pas d'aller envoyer les équipages au carton ! Ceux qui désignent les objectifs, nos chefs, tout là-haut dans leurs états-majors, ne peuvent prendre en compte l'ensemble de nos contraintes spécifiques que, souvent, ils ignorent. Eux ne mesurent pas en mètres, en hauteur de crête, en zones de dégagement ni en turbulences. Comment pourraient-ils comprendre, penchés sur leurs cartes d'état-major, combien il nous serait difficile de nous dégager d'un fond de vallée dans telle ou telle configuration ? Comment pourraient-ils penser puissance moteur et altitude ? Et malgré la hiérarchie, dans la salle Ops chacun donnait son avis, car au moment de monter dans la machine, chacun engage sa propre vie, conscient que la mort, quand elle se met à son ouvrage, ne fait pas le détail des grades.

L'un de tes outils, comme tous les chefs de bord, était le « lutin », un carnet regroupant des photos satellites ultra-précises des zones où nous volions. De photo en photo, nous pouvions « zoomer », nous rapprocher du terrain jusqu'à des carrés de cent mètres de côté. Chaque ruelle, chaque pont, chaque compound... était visible et référencé par ce que nous appelons, dans notre jargon, le « baptême terrain ». Au sol, en vol, dans les salles opérationnelles, tous disposaient de ces mêmes références. Nous désignions, et trouvions un objectif en quelques instants. Dans les premiers jours, alors que ceux du 5e RHC étaient encore là, tu passais du temps avec eux à étudier chaque mètre carré de terrain. Je n'en étais pas, car cela n'avait pas d'utilité. Une fois en vol, je me concentrerais sur le pilotage pendant que toi scruterais le terrain à la recherche de menaces, d'éventuels départs de tirs, dans les zones que tu savais potentiellement dangereuses.

Pendant votre briefing, nous, les pilotes, préparions les machines et nos affaires de vol. Nous passions par le KC20 où je récupérais nos sacs et nos armes. Avec le mécano, j'effectuais le tour de notre Gazelle et lui me donnait le compte rendu des dernières interventions. Puis j'installais notre matériel à bord. Dans cet espace si confiné, je coinçais nos sacs derrière nos sièges. Nos FAMAS y trouvaient aussi leur place, sans que jamais, au moment de les y caler, je ne songe un seul instant à ce que leur présence signifiait. Je n'avais pas le temps de philosopher, ni aucun de nous. La guerre, nous étions dedans, et le meilleur moyen d'en revenir vivant était d'avoir l'obsession du détail.

*
* *

Je ne sais plus combien de vols nous avons effectués avant la mission qui allait nous conduire au désastre ; ce jour-là, une bonne partie de mes souvenirs se sont envolés... Mais je garde en mémoire les caprices de l'aérologie que nous subissions invariablement à chaque décollage. Et aujourd'hui, avec le recul des années, avec le regard que je porte désormais sur ces quelques jours passés ensemble avant que nous ne tombions, je m'interroge. Ces incidents n'ont-ils pas été autant de signes prémonitoires ? N'étions-nous pas déjà engagés sur le chemin de notre propre destin ?

Tu restais calme, tu expliquais, analysais, tout en reconnaissant que la situation n'était pas simple. Ta maîtrise des événements, toujours. Mais au milieu de ces signaux que le destin tentait peut-être de nous envoyer, surgit cet incident majeur qui, lui, aurait pu écourter plus encore le chemin que nous avions commencé à tracer en Afghanistan. Nous étions à deux ou trois jours de notre mission sur Tora.

Devant nous, un Cougar venait de décoller du taxiway, le long de la piste principale que nous n'empruntions jamais afin de ne pas alourdir plus encore le trafic insensé de l'aéroport. Comme à l'accoutumée, comme depuis le début de la mission, tenir la machine était pénible, mais nous maîtrisions notre stationnaire. Ils prenaient le large et c'était à notre tour de piquer, prendre de la vitesse, et nous arracher définitivement du sol. Dix, vingt, trente mètres-sol, peut-être plus... nous montions, bousculés par les bourrasques, les turbulences et les bulles d'air chaud qui ne cessaient de s'arracher, elles aussi, du tarmac chauffé à blanc. Mais nous grimpions, malgré tout. Soudainement, sans prévenir, sans le moindre signe avant-coureur, notre machine s'est affaissée. Nous nous enfoncions lentement, comme pris dans une scène filmée au ralenti. Notre Gazelle semblait être à bout de souffle, exsangue. Augmenter la puissance moteur n'y changeait rien, elle poursuivait inexorablement son mouvement vers le sol. Elle n'y arrivait plus...

J'ai viré instinctivement sur la droite. J'en étais sûr : nous avions dû nous faire piéger dans la traînée du « gros cul »... Le plein de kéro, l'armement... notre machine était lourde, trop lourde et il fallait s'extraire d'urgence de cette zone de turbulence invisible et mortelle. Tu as posé les mains sur les commandes pour suivre le mouvement que j'engageais en me l'annonçant calmement. Nous virions, nous quittions le taxiway et commencions à traverser la piste principale que nous longions encore quelques instants auparavant, lorsque sa masse énorme, sa silhouette unique, reconnaissable entre toutes, envahit le ciel sur notre gauche : un Antonov 124 en approche finale fonçait droit sur nous ! Nous lui coupions la route ! Impossible, pour nous qui étions encore en sursis, de tenter la moindre manœuvre, d'imaginer lui rendre son espace, libérer la piste sur laquelle il se poserait dans quelques secondes, quoi qu'il arrive. Nous avons poursuivi notre manœuvre, nos regards écarquillés allant de notre point de posé à l'Antonov, balayant cet espace qui se réduisait dramatiquement à mesure que le géant russe se rapprochait de nous et nous du sol. Dans l'énorme cockpit de la machine russe, où six membres d'équipage prennent place, les pilotes, les mains cramponnées sur leurs manches, nous avaient vus ! Furent-ils surpris, inquiets, ou n'était-ce pour eux qu'un incident du plus au milieu des centaines de manœuvres qu'ils effectuaient chaque mois sur Kaboul ou Bagram, au milieu d'un trafic si dense que nombre d'équipages débranchaient leurs radars anticollisions pour éviter que ceux-ci ne retentissent sans cesse dans le cockpit ? Tout à notre lutte, nous n'avons pas imaginé leurs mains se cramponner aux quatre manettes de gaz, une par turbine, ni leurs bras tirer sur les manches. Mais le nez de l'Antonov se redressait déjà, et quelques fragments de seconde plus tard, nous étions sous l'ombre de leur gigantesque voilure. L'Antonov reprit de l'altitude, sembla renoncer un temps à revenir dans cet espace aérien dantesque tant il fit loin son virage avant de replonger et poser son énorme masse. Plus de 300 tonnes, cent cinquante fois notre Gazelle ! À bord, les jurons, les « *duraki* » et autres gentillesses devaient pleuvoir dru contre le misérable insecte que nous étions et qui avait osé couper la route à ce géant des airs... Nous avions depuis longtemps fini notre manœuvre. Nous étions posés de l'autre côté de la piste, hagards.

Il y eut un grand silence, un moment de sidération. Il fallait souffler, laisser passer quelques secondes avant de reprendre pied, ne serait-ce que croiser nos regards, avant de pouvoir parler. Nous en avions tous les deux conscience : ça n'était pas passé loin. C'était l'incident de trop. J'ai vidé mon sac, je t'ai confié ce sentiment étrange que je portais depuis le début de la mission. Quelque chose n'allait pas ! Je ne sentais pas la machine, et il fallait, cette fois, que je t'en parle. Je profitais de ce moment que nous aurions seuls, toi et moi, en attendant l'arrivée des secours, pour te parler. Mais peut-être était-ce moi qui n'allais pas, qui n'arrivais pas à entrer dans la mission ? Et ce doute aussi je voulais te le confier. Tu analysais, serein, comme à ton habitude. Tu ne voulais pas aller trop vite, attendre les résultats des analyses sur la machine. À quoi bon se précipiter ? Pour toi, nous avions seulement « bouffé » la turbulence de la machine qui nous précédait. Bien sûr, cette explication ne pouvait être que la seule valable, la plus logique d'entre toutes. Pourtant, au fond de moi, je continuais de m'interroger sans pouvoir me départir du sentiment que cet incident confirmait l'étrange impression que j'avais depuis le début de la mission. Tu ne voulais pas te laisser embarquer sur ce chemin et nous refaisions le film de ce que nous venions de vivre. Tu luttais pour rester rationnel, mais je voyais combien cet incident t'avait secoué. Ça n'était pas passé loin, et tu le savais bien.

Le soir, nous n'en avons pas reparlé. Nous avions fait techniquement le tour de la question dans l'après-midi et pour le reste, ce seraient des sentiments, des impressions, des peurs, que nous garderions pour nous. À quoi bon ? Ressasser ne pourrait qu'inquiéter l'autre inutilement, nous fragiliser collectivement. Mais au fond de nous-mêmes... Et tard le soir, je rejouais encore le film de cet après-midi et de notre début de mission.

Mais ce serait ce soir, ce soir seulement ; je savais qu'en m'endormant je devrais aussi refermer ce chapitre pour ne pas tomber dans le piège mortel de la peur et de l'angoisse.

Le lendemain, nous apprenions que la machine n'avait pas de problème apparent... Je ne savais qu'en penser, nous n'en avons pas discuté. À quoi bon ?! C'était *notre* machine et c'était avec elle que nous devions poursuivre la mission...

*
* *

Je ne me souviens pas avoir volé ce lendemain. Ces journées libres, nous les passions principalement au bâtiment Ops. S'y trouvaient le commandement, les équipages d'alertes, les mécanos... De toute façon, nos chambres étaient trop petites et austères pour imaginer vouloir y rester, dans la journée, plus que le temps d'une sieste. La salle Ops, notre salle de repos, les ateliers des machines étaient les lieux où nous nous retrouvions, où nous pouvions discuter, comme toujours, de tout et de rien, et surtout de la mission.

L'ambiance était bonne, la dynamique positive. Chacun, à sa façon, continuait de façonner le groupe, de le faire vivre, de lui donner son identité propre. C'est une alchimie particulière, qui ne s'explique pas, faite de comportements inconscients et d'attitudes volontaires. Le hasard des rencontres ne suffit pas. Il faut, au niveau de chacun, la volonté d'aller dans le même sens, la volonté d'être soi dans le respect de l'autre. Une fois de plus, tu avais su nous surprendre. Nous connaissions tous ta foi profonde, mais pas l'un d'entre nous n'aurait parié un *afghani* sur le fait que tu irais l'afficher ainsi au-dessus de ton bureau. Mais où donc avais-tu déniché cette sainte Clothilde géante ? Sans compter le temps que tu avais dû passer à découper la sainte en plusieurs feuilles A4 avant de la reconstituer, feuille à feuille, et lui redonner figure humaine sur le mur. Clothilde était immense, plus d'un mètre de haut ! Désormais, dire que notre sainte patronne veillait sur le groupe n'était plus une vue de l'esprit : son regard nous enveloppait, et personne ne pouvait plus l'ignorer.

Cette extravagance, que toi seul pouvais imaginer, nous faisait bien marrer. Nous le respections profondément, c'était ton truc, tu avais besoin de ça. Pourtant, je ne saurais jamais ce que ce regard protecteur, cette présence pieuse signifiait réellement pour toi. Je ne peux qu'imaginer que toi aussi, comme nous tous, tu espérais bientôt *submerger l'ennemi sous le feu du ciel*, comme Clovis à Tolbiac.

*
* *

Était-ce le lendemain, le surlendemain ? Je ne sais plus et qu'importe. Une opération d'envergure se préparait à Tora. Nous allions y être mis en alerte et entrer enfin dans le dur des opérations. Notre objectif numéro 1 était de faire de la reconnaissance et d'intervenir en cas de besoin. Quatre équipages furent mobilisés, nous étions de la première vague.

De nouveau, la même mécanique bien huilée d'un départ. Toi aux ordres dans la salle Ops, et moi à la machine. Nous jouions chacun un bout d'une partition commune, comme deux pianistes jouent à quatre mains. Tu prenais les éléments, je faisais le tour de la machine ; tu discutais une option, je plaçais nos équipements dans le cockpit ; avant de quitter la salle Ops, l'un d'entre vous prenait le temps d'une dernière vanne, je discutais avec le mécano ; tu traversais le long couloir qui menait au tarmac, je t'attendais à l'ombre de la machine. Le soleil cognait et les souffles d'air incessants qui balayaient l'aéroport répandaient partout cette satanée poussière dont nous ne savions trop comment nous protéger. Tu arrivais, calme et détendu. Nous n'étions pas dans l'urgence et il n'y avait nulle raison de se mettre la pression ! Bientôt, bientôt, c'était une évidence, nous subirions cette pression que nous étions venus chercher si loin de chez nous, quand il faudrait intervenir en quelques minutes pour extraire de l'enfer des fantassins, camarades que nous ne croiserions jamais.

Dans ces instants, entre sol et vol, une transformation s'opérerait dans notre relation. Au sol, tu étais mon chef de bord et, malgré notre entente, une différence de statut existait. Tu étais mon chef. Dans la machine, cette barrière hiérarchique disparaissait en même temps que nous mettions nos casques, bouclions nos harnais. Tu restais le chef, mais alors que le rotor effectuait ses premiers tours, nous devenions frères d'armes. Enfermés dans l'espace étroit de notre cockpit, seuls dans et avec notre machine, plus rien ne comptait sinon la mission et d'agir l'un pour l'autre. Nous faisions désormais face aux mêmes risques et nos vies mises en jeu à parts égales. Plus rien n'était pareil, tout changeait. Nous n'étions plus seulement un chef de bord et un pilote, mais les deux parties d'un tout ; notre binôme, qui allait fusionner le temps de la mission, allait se comprendre sans se parler, allait anticiper, sentir les réactions de l'autre. En montant dans la machine, nous devenions, d'une certaine manière, un organisme unique mis au service de trois choses aussi importantes l'une que l'autre : toi, moi, et la mission.

Le type assis à côté dans le cockpit, toi pendant ces trois semaines afghanes, c'est le type à qui l'on ne ment pas. Tu étais celui à qui je pouvais dire les choses sans honte, y compris mes faiblesses et mes doutes, et c'était réciproque. C'est vrai : *il n'y a pas de bon pilote mais seulement de vieux pilotes !* Et pour vieillir dans notre métier, il faut savoir faire preuve d'humilité : même les meilleurs peuvent avoir leurs mauvais moments. Nous avions appris à nous connaître, petit à petit, mois après mois, et nous formions désormais un binôme soudé et efficace. Nous nous connaissions par cœur. Je connaissais tes façons de faire, tu connaissais les miennes. Elles n'étaient pas les mêmes, mais nous les avions acceptées et les rouages de notre équipage s'emboîtaient les uns dans les autres en souplesse, sans jamais gripper, en parfaite harmonie. Nous étions comme ces orchestres qui jouent un bœuf sans qu'aucun chef ne donne le *la*. Toute cette belle mécanique humaine était le fruit de l'exigence de la mission, purement professionnelle. Mais, en toile de fond, autre chose se jouait ; peu à peu une forme d'attachement particulier se développait entre nous, qui un jour s'appellerait de l'amitié.

*
* *

Il fallait y aller... Tora nous attendait. Du parking au taxiway, quelques dizaines de mètres.

Faire pivoter la machine, quitter du regard les hangars qui nous faisaient face, tourner le dos à notre bâtiment et découvrir, de l'autre côté de la piste, à travers l'air surchauffé et vibrant, le vieux bâtiment de l'aéroport dont on pouvait se demander s'il y aurait un jour une période de paix suffisamment longue pour qu'en sortent un jour quelques rares touristes. Cette simple manœuvre, tenir la machine à moins de deux mètres du sol, exigeait une concentration maximale. La machine était lourde, le thermomètre affichait une température insensée, l'air sur lequel nos pales tentaient de s'appuyer était sans consistance : nous flottions dans une sorte d'éther. J'avais les commandes, tu étais prêt à intervenir à tout moment, les mains à quelques centimètres du manche, au cas où...

Virage à gauche. Virage à droite. Virage à droite. Devant nous, le long taxiway qui longeait la piste et, plus loin encore, au-delà de l'aéroport, au-delà de Kaboul qui la nuit éclaboussait le ciel de lumière, ce rempart de roche et de terre, inquiétant, et foyer des perturbations aérologiques que nous subissions. Pour compliquer encore l'affaire, comme si nous avions besoin de ça, nous décollions le plus souvent vent dans le dos afin de gagner quelques kilomètres, et du même coup quelques précieuses minutes d'autonomie.

Le taxiway, tenir la machine qui se débattait, puis prendre de la vitesse et grimper, plein est, vers les *bastion walls*, Kaboul et la « Highway 7 ». Au bout de ce long tunnel de roche, le lac de Tora, que nous surplombions alors de plusieurs centaines de mètres. Devant nous, à travers notre verrière et à perte de vue, la Surobi. Sur notre gauche, à quelques dizaines de kilomètres seulement, se profilait la Kapissa, aussi verte que la Surobi se dévoilait sèche et minérale. Quelques instants encore, et nous plongions vers la FOB avec, sur notre droite, le mont St-Michel, ce piton rocheux riche d'histoire militaire depuis l'invasion soviétique.

Pour ceux que nous remplacions, après quatre mois de mission, ce vol était une pure routine, mais nous n'en étions pas encore là. Peut-être est-ce pour cela que nous parlions si peu durant ces premiers vols qui exigeaient encore tant de nous et ne nous laissaient le temps ni d'apprécier le paysage, ni de partager autre chose que des informations liées à la mission. Nous étions tendus vers la mission, concentrés sur le job. Je pilotais, tu chouffais, et même sur des vols de liaisons, cela nous accaparait totalement. Nous survolions certains des plus beaux paysages que compte la planète, et je ne les appréciais même pas.

Depuis 2009, la zone de posé à Tora avait bien évoluée. Fini cette DZ ridicule située dans l'enceinte de la FOB et surplombée, à quelques dizaines de mètres seulement, par cette longue ligne à haute tension menaçante, héritage des Soviétiques. La zone était exiguë, poussiéreuse, difficile de jour et plus encore de nuit. À l'époque, poser là-bas demandait une sacrée dose de concentration et de volonté. Mais les efforts de la communauté internationale ne semblant pas porter leurs fruits, la base avait depuis été agrandie. Un travail de titan. Les *bastion walls* grimpaient désormais jusqu'au pied du mont Saint-Michel et délimitaient une vaste zone sécurisée et encadrée par des miradors ; au sol, le terrain poussiéreux avait été recouvert de tonnes d'un lourd gravier qui évitait que nos machines, à chaque décollage ou atterrissage, ne se retrouvent enveloppées dans des nuages de poussière extrêmement dangereux. Éloignée de la ville aujourd'hui pacifiée, se poser sur la nouvelle DZ de Tora ne présentait plus aucune difficulté. Dans ce sud apaisé de la Kapissa, nous étions loin des ambiances de guerre qui régnaient toujours à Tagab ou Nijrab. Là-bas, plus au nord, en pleine Kapissa, les DZ n'étaient situées qu'à quelques centaines de mètres de la zone verte où l'insurrection n'avait pas déposé les armes. Et les déposerait-elle jamais ? Là-bas, nul ne pouvait se prétendre à l'abri d'un tir d'arme automatique ou de Shikom. Tandis qu'à Tora nous nous laissions glisser doucement vers la DZ, à Nijrab ou Tagab, nous étions à l'affût du moindre signe de menace, prêts à effectuer, jusqu'au dernier moment, une manœuvre de dégagement pour éviter un tir.

*
* *

Nous étions partis pour deux ou trois jours, avant d'être relevés par Leon, Foster, René et Corben. Dès notre arrivée, direction notre salle d'alerte. Une salle austère, presque vide, où seuls quatre matelas nous attendaient. Mais peu importait : nous serions de QRF [1] vingt-quatre heures sur vingt-quatre, prêts à décoller, de jour comme de nuit, en une vingtaine de minutes, à la disposition des chefs et de l'opération en cours.

Pendant que nous découvrions le palace qui abriterait de nos prochaines nuits, Bryan et Matthieu, nos chefs de patrouille, prenaient déjà les éléments de la mission au TOC [2]. Nous étions là pour effectuer de la reconnaissance de zones et du renseignement ; en gros, déceler les mouvements des Taleb' qui profitaient de la nuit pour se déplacer, passer d'une vallée à l'autre, transporter armes et munitions, se réunir... Pour les quarante-huit prochaines heures, nous serions les yeux de ceux qui s'employaient à planifier et coordonner

1. Force de réaction rapide.
2. Centre d'opération tactique.

les opérations. Aucune intervention au profit des troupes n'était prévue, et ça nous allait bien. La plupart d'entre nous ne connaissaient pas encore le terrain. Nous étions trop frais encore pour entrer réellement dans le dur de la mission. Ces vols de rens' allaient nous permettre de continuer à prendre nos marques. C'était la bonne mission, au bon moment.

Le plus dur allait être de gérer le temps. Savoir attendre, savoir regarder les heures s'écouler lentement, longues et vides, sans aucune impatience. Savoir laisser passer le temps sans se faire soi-même emporter par la lassitude mais au contraire, comme un pêcheur sur la rive, un chasseur à l'affût, rester prêt à réagir en quelques secondes à la moindre sollicitation du commandement. L'exercice n'était pas facile, car dans le camp, nulle distraction. Nous allions et venions, sans véritable lieu où nous installer.

À l'extérieur de la FOB, à quelques mètres seulement, dans un périmètre sécurisé, un petit marché afghan s'était monté. Quelques échoppes, des montagnes de babioles pakistanaises, indiennes ou chinoises. De quoi rapporter des souvenirs, dénicher un cadeau d'anniversaire pour un camarade, remplacer une bouteille de shampoing vide. Beaucoup de cochonneries, de gadgets inutiles, d'attrape-touristes. Mais pas seulement... Colorés et empilés avec soin, de magnifiques étoffes pashmînâ, des keffieh qui eux n'avaient pas traversé l'Asie à l'ombre d'un container. Et puis, comme au milieu de chacun de ces marchés afghans destinés aux soldats de la coalition, comme au milieu de ceux que nous avions déjà croisés à Kaia, trônait l'incontournable vendeur de tapis. Le tapis ! Comme nous tous, tu avais prévu d'en rapporter un à la maison. Nous n'en étions qu'aux balbutiements de notre mission, mais puisque nous avions du temps à tuer, autant attaquer nos repérages. Tu avais à Kaboul ton oncle Geoffroy qui, après deux années passées au combat, était bourré de bonnes combines. Tu l'as appelé sans hésiter pour lui décrire les offres du commerçant, pas le moins du monde impressionné par cette concurrence lointaine que tu lui opposais. L'offre semblait honnête, mais nous repartîmes tout de même les mains vides et dans les poches. Il était encore trop tôt pour se décider : de nombreuses occasions se présenteraient dans les mois à venir et nous n'avions pas eu de véritable coup de cœur.

Lorsque nous ne volions pas, nous naviguions dans la base, allant de notre lieu de vie au TOC, où nous pouvions suivre la situation sur le terrain et discuter avec les responsables des opérations. C'était l'occasion d'un café et surtout de nous projeter au cœur des opérations. Dans l'immense salle de commandement, au milieu de cet entrelacs de tables, de bureaux et de personnels affairés, aucune place n'était prévue pour nous. Nous pénétrions discrètement dans cette ruche et notre espace se limitait à quelques chaises posées dans un coin. Chaque mouvement, chaque action, remontait jusqu'ici à travers les réseaux radio et s'affichait, minute après minute, sur les immenses écrans qui surplombaient la ruche. Les opérateurs compilaient, transmettaient, et les chefs retournaient leurs ordres sur le terrain, par les mêmes canaux et à travers une hiérarchie exactement inverse. Sur le terrain, à quelques kilomètres de là, des hommes avançaient péniblement, accablés par la chaleur et le poids de leurs équipements, peut-être par la peur. Nous étions là pour eux, prêts à décoller en moins d'un quart d'heure de jour, moins d'une demi-heure de nuit. Moins si nous pouvions, lorsque l'urgence des combats l'exigeait.

En théorie, seuls toi et Bryan étiez autorisés à pénétrer ce saint des saints. La présence des pilotes n'était en rien indispensable et nous avions vocation à attendre ailleurs, auprès de nos machines, dans ce qui nous tenait lieu de chambre, le « GO » qui lancerait une alerte. Mais l'attente y était pénible, trop lente. On s'emmerdait ! Alors, nous remontions au TOC, rejoindre nos chefs de bord et personne ne s'en offusquait. Nous y trouvions le plaisir de votre compagnie, celle des personnels du TOC, et pouvions, nous aussi, suivre les opérations. Et c'est finalement là que nous passions le plus clair de notre temps, ensemble, toujours ensemble, sauf à de rares moments, quand l'un ou l'autre allait s'allonger pour une sieste, acheter des boissons pour le groupe au bazar ou s'isoler un peu au pied d'un *bastion wall*.

Pour ces soldats qui patrouillaient à l'extérieur, dans quelques jours, dans quelques semaines, peut-être serions-nous amenés à tirer, à tuer pour qu'ils vivent. Nous n'avons jamais parlé de ce pouvoir, de ce droit de vie ou de mort que nous octroie notre métier de soldat. Trop intime, trop personnel. Peut-être aussi est-il plus confortable de se cacher derrière l'opérationnel, plus confortable de poser des mots techniques et froids sur ce qui reste, quelles que soient les raisons, quels que soient les ordres reçus, tuer ? Notre engagement, notre volonté, au-delà des ordres reçus et de la mission, était d'une seule nature : protéger nos camarades, par tous les moyens. C'était notre mission et elle passait, pourrait passer par donner la mort. En parler aurait été bien plus que partager des sentiments, des interrogations, des doutes éventuels, des convictions même. En parler aurait été s'imposer à soi-même un face-à-face redoutable, peut-être destructeur, avec la mort. Peut-être aussi savions-nous, d'instinct ou d'expérience, que parler de la mort ne prépare à rien, ni au fait de la donner, ni au fait de la recevoir. Notre inquiétude était ailleurs, se portait sur une autre mort. Et de celle-là, nous parlions, pour que jamais ces mots incompatibles en théorie ne fassent alliance : *Tir-fratricide !* Blesser ou, pire encore, tuer un autre soldat, un camarade, un frère d'armes. L'hypothèse n'était pas insensée, loin de là. Le risque existait. Les talibans jouaient de l'enchevêtrement des ruelles, des habitations, de l'opacité des vergers, pour brouiller les cartes et nous y perdre. Ils allaient et venaient, s'imbriquaient, s'infiltraient entre nos groupes. Des hommes misérables en apparence, face aux armadas que nous pouvions déployer, quelques dizaines, en baskets ou en tong, face à des centaines de soldats suréquipés et entraînés. Mais ils étaient légers, rapides et, pour les plus radicaux, souvent venus de loin, au-delà des frontières de l'Afghanistan, n'avaient pas peur de mourir. Ils se posaient, repartaient, insaisissables. Au moment de frapper, dans le *brouillard de la guerre*, malgré les procédures, les doubles vérifications, la possibilité d'un tir fratricide était loin de n'être qu'une hypothèse improbable.

*
* *

Le soir tombait vite sur Tora. Il était tôt, la base n'était pas encore couchée, et à travers les allées que nous allions déserter, de nombreux soldats allaient et venaient dans une ambiance détendue. Le calme qui peut régner si près d'une zone de combat, si près d'une action en cours, est un de ces paradoxes de la guerre. Certains patrouillaient, se postaient, risquaient leur peau, pendant que d'autres, leurs camarades, étaient à la popote, coudes au bar. La bière était fraîche, mais nous n'en profitions pas. Pas ce soir, pas de QRF. Nous ne traînions pas, car nul ne savait de quoi notre nuit serait faite. L'ordinaire, pour un dîner léger, un dernier passage au TOC pour prendre les dernières nouvelles, une douche et nos duvets. Surtout, ne pas se fier aux apparences, ne pas se laisser endormir par des eaux faussement tranquilles : nous étions d'alerte, et tout pouvait basculer en un instant.

Nous allions nous enfoncer dans une nuit assez claire, de « niveau 3 », et nous apercevions autour de nous les ombres de la base. Au-dessus de nous, la montagne Saint-Michel se détachait, masse sombre dans le gris du ciel.

Dix minutes plus tard, l'ordre de décoller tombait. Nos deux silhouettes approchaient des machines, ombres noires se détachant du tapis clair que formait dans la nuit le gravier blanc de la DZ. Ton casque t'attendait, ton FAMAS était installé au dos de ton siège. Tu étais déjà équipé de ton

CIRAS, sur la poitrine duquel était accroché ton fameux holster en cuir.

Nous partions pour une courte mission de reconnaissance au-dessus de la Surobi. Une quasi-routine, mais je savais, nous savions que la nuit pourrait être longue et exigeante. Que nous pourrions enchaîner plusieurs vols, plusieurs retours sur la FOB pour ravitailler puis redécoller dans la foulée. Heure après heure, la fatigue s'installerait dans le cockpit, finirait par nous envahir, usés psychiquement. Chercher, scruter, tenter de dénicher l'ennemi, un travail intense, une tension permanente. Ils sont là, quelque part, quelques centaines de mètres sous nos pieds, minuscules, enfants de ces montagnes dont ils connaissent chaque recoin. Ils nous entendent les survoler. Depuis leurs vergers magnifiques qui forment au-dessus d'eux une canopée protectrice, ils nous aperçoivent facilement dans cette nuit trop claire pour nous cacher. Le risque était faible, nous le savions, mais nous restions vulnérables. Et pendant que tu fouillais le fond d'une vallée, la sortie d'un village, un passage escarpé s'enfonçant au creux d'un canyon, à l'affût des mouvements insurgés signalés, tout en pilotant et à ton écoute, j'étais tendu vers un éventuel départ de tir. C'était usant et éprouvant.

Nos jumelles de vision nocturne ajoutaient à cette fatigue nerveuse. La lumière verte, puissante et contrastée qu'elles dégageaient se projetait sur le fond de nos rétines, comme autant d'aiguilles qui, des heures durant, venaient harceler nos yeux fatigués.

*
* *

La seconde nuit fut plus calme. Cette fois encore, nous fûmes mis d'alerte, sans décoller pourtant. Nous nous tenions prêts, dans un coin du TOC, un café toujours chaud à portée de main. La nuit fut longue, mais cela aussi faisait partie de la mission. D'une clope et d'un café à l'autre nous regardions la nuit avancer jusqu'à ce que les lueurs d'un jour nouveau escaladent le revers des montagnes qui nous entouraient, puis inondent d'un seul coup la vallée. Il n'était pas encore 6 heures du matin. Le jour pointait et nous ne volerions pas.

À Kaia, les équipage de Leon et de René déjà devaient se préparer. Bientôt ils seraient là pour nous relever. Vers 7 heures, 8 peut-être, on entendit au loin le sifflement aigu de leurs turbines, bien avant que nous ne puissions les voir déboucher dans le ciel de Tora. Il n'y avait chez nous nulle attente, nulle impatience. Nous n'étions là que depuis deux jours et ni la fatigue ni la lassitude n'avaient eu le temps de s'emparer de nous. La mission suivait son cours. Ils arrivaient, nous allions rentrer.

*
* *

Qui eut donc l'idée de la séance photo que nous avons organisée ce matin-là, avant que nous ne remontions dans nos machines ? En tout cas, ce fut la meilleure idée qu'il n'ait jamais eue, de celle qui laisse des traces pour longtemps, pour des vies entières. Personnellement, je n'y tenais pas beaucoup. J'ai traîné les pieds avant de me résigner, de me ranger à l'avis général. C'était vrai ! ces photos seraient peut-être les rares, sinon les seuls souvenirs que nous pourrions rapporter de notre mission en Afgha'. Après tout, les occasions de nous retrouver tous réunis sur le terrain étaient rares.

La lumière était belle, douce, encore matinale. Chacun son tour, en équipages, tous ensemble... Il n'y avait aucune urgence et nous prenions notre temps, nous dégustions, sans nous en rendre vraiment compte, des instants exceptionnels. Aujourd'hui, je crois que ces photos sont les seules que nous avons de toi là-bas ! Les seules de toi avec nous, de nous tous réunis ; depuis que tu es parti, ces photos sont là, qui nous accompagnent. C'est vrai, je les regarde rarement, parfois seulement et peut-être moins encore. Mais elles sont là, mélange de bons souvenirs, de douleur et de promesses avortées. Maintenant que je t'en parle, je réalise que plus que des souvenirs de toi, ces photos sont les dernières traces de toi vivant. C'était le matin de notre accident.

*
* *

Il fallait repartir, rentrer sur Kaia. Les gars du TOC nous l'avaient annoncé, une mission nous y attendait déjà, pour le soir même. Vraiment, cette DZ était de la dentelle ; rien à voir avec Tagab, ou pire encore, Nijrab où nous nous étions posés quelques jours plus tôt pour une mission d'escorte. Là-bas, pas de dégagement, des câbles à proximité, de la poussière, notre machine armée, le plein de kéro, en altitude... et en limite de puissance ! À bord, l'ambiance était tendue mais sans stress. Une concentration maximale, portée par cette conscience du risque et du danger. La manœuvre était délicate et ce jour-là encore, tu avais les mains à portée de manche, prêt à intervenir, à m'aider, à nous sortir d'une manœuvre qui partirait en vrille. Chacun surveillait son secteur et nous échangions en permanence. D'abord, se sortir de cette DZ, s'extirper de cet espace confiné en tenant la machine. À mesure que nous prenions de l'altitude, cinq mètres, dix mètres, cinquante mètres... le danger changeait de nature. Peu à peu, à mesure que nous nous élevions au-dessus de la FOB, notre machine, encore lente, pataude et à la peine, devenait une cible facile. Il fallait redoubler d'attention, scruter le moindre recoin, passer au crible les compounds qui entouraient la FOB. Et au moindre signe, réagir, dégager à l'opposé de la menace.

Alors, ce corps unique que nous formions prenait tout son sens. Et parce que nous nous comprenions, parce que nous communiquions, partagions, anticipions les réactions de l'autre, nous avions la certitude que les bonnes décisions seraient prises, les bonnes actions décidées instinctivement. Nous avions confiance en nous, dans l'équipage que nous formions parce que j'avais confiance en toi et toi en moi. Nous étions transparents l'un pour l'autre. Aux commandes, lorsque j'arrachais péniblement la machine de Nijrab ou d'ailleurs, je ne te cachais rien de ce que je faisais, des sensations que j'éprouvais. Ce jour-là, je n'hésitais pas à te faire part de mes difficultés à tenir la machine en stationnaire. Nous étions bousculés et je voulais prendre du champ, me dégager au plus tôt de cet environnement menaçant. Ce fut clair et bref : *Matthieu, la machine tient pas !* En retour, dans les écouteurs de mon casque, ta voix calme et tranquille, dépourvue de la moindre hésitation. *OK, pose ! On va attendre deux minutes.* Deux minutes pour nous alléger, perdre ces quelques kilos de kéro qui nous handicapaient. J'aurais pu te demander de prendre les commandes, et tu m'aurais dit, c'est sûr, de les conserver, ajoutant *Vas-y, je te suis.* Tu aurais laissé tes mains flotter au-dessus du manche et du pas général, à quelques millimètres seulement de la bakélite. Je serais resté à la manœuvre, et tu l'aurais observée, sentant comme moi la machine, ses humeurs, chacun de ses mouvements.

*
* *

Durant ces longs moments où nous nous retrouvions seul à seul, nous ne parlions que très peu. Nous restions concentrés sur le vol et un peu isolés, chacun dans sa bulle, concentrés. Peut-être aussi était-il encore trop tôt ? Peut-être aurions-nous fini par partager nos sentiments, nos impressions sur ces paysages sublimes que nous avions le privilège de traverser, sur ce pays martyr que nous tentions d'aider. Peut-être...

Mais pour l'instant, nous reproduisions en vol les mêmes comportements que nous avions au sol où c'était en groupe que nous nous exprimions. Alors, c'est d'une machine à l'autre que nous échangions sur la mission, que nous nous balancions des vannes. Nous n'étions pas au cinéma, c'était court, c'était bref, parce que la réalité du terrain reprenait toujours le dessus. Et comme au sol, tu n'étais pas le dernier à en rajouter, à alimenter ces brefs instants de détente.

*
* *

Notre vol de retour avait été un vol de pure routine : une ligne droite tracée entre Tora et Kaboul, très haut au-dessus des reliefs, dans une zone peu dangereuse. À près de 800 mètres-sol, nous ne risquions quasiment rien. Durant le vol, nous avons à peine évoqué notre mission du soir : un simple vol d'escorte qui s'annonçait tranquille. Nous avions la journée pour nous reposer, nous préparer.

La routine aussi, à notre arrivée à Kaia. Tu partais au CO prendre les éléments de la mission, je reconditionnais la machine, notre matériel dans le KC20 afin d'être prêts à redécoller, « en mesure de... » dans notre jargon de l'ALAT. Une mécanique fluide et fonctionnelle. Tu revenais bientôt avec ces premiers éléments : escorte d'un Cougar entre Kaboul, Nijrab et Tagab avec un retour sur Kaboul via Nijrad. Le Cougar allait faire taxi, et nous serions là pour sécuriser sa trajectoire. Nous volerions quelques centaines de mètres derrière lui, le surplombant pour agrandir son horizon, voir plus loin que leur propre regard ne pouvait porter. Je piloterais et toi, à l'aide de la caméra, tu serais les yeux de tous, notre sentinelle. Le dernier briefing était fixé pour la fin de l'après-midi. Le reste de la journée était à nous...

Déjeuner, douche, piaule. Après deux jours à Tora, nous avions besoin, nous aussi, de nous reconditionner ! La sieste était au programme, mais ni toi ni moi n'avons réussi à dormir. Nous étions dans une sorte d'entre deux : pas encore en mission, mais pas totalement libres non plus. Nous attendions de décoller avec impatience pour en finir au plus vite. Plus vite nous décollerions, plus vite la mission serait terminée, et plus vite nous pourrions redescendre en pression, décrocher vraiment, nous reposer, dormir, prendre le temps d'appeler la maison... Allongés, à peine avons-nous somnolé : la mission du soir, même aussi banale, occupait déjà notre esprit. Il n'y a jamais de mission « facile » et tout pilote sait que baisser la garde, se relâcher, se paie cher au moment de repartir. Alors oui, finalement, mieux valait rester sous tension, repousser à plus tard un vrai repos, plutôt que courir désespérément après lui. La mission était courte, une heure, une heure et demie tout au plus : nous aurions bien assez tôt le temps de dormir, sans pression aucune car, nous le savions déjà, nous ne volerions pas le lendemain. Alors nous sommes redescendus rejoindre les gars à la salle Ops, où nous avons traîné en attendant l'heure du briefing. La télé, des cafés, un peu de lecture, nous n'avons pas vu passer l'après-midi...

En fin de journée, le briefing nous remettait définitivement dans le bain. Dans la salle Ops, le chef de la patrouille HM [1] nous distribuait les éléments : la météo, la navigation, les horaires, les cas non conformes. Au mur, les diapos de son « Power Point » s'affichaient les unes après les autres. L'ambiance était pro et détendue, ça allait être tranquille.

Nijrab, Tagab, puis de nouveau Nijrab. À chaque FOB, le Cougar se poserait. Ce seraient les seuls moments critiques de la mission, les seuls où les insurgés pourraient se montrer menaçants et être réellement dangereux. Tir de RPG, d'armes automatiques ou même de Shikom... À quelques centaines de mètres seulement des villages de Tagab et de Nijrab, les FOB, aussi sécurisées et fortifiées qu'elles étaient, vivaient sous la menace constante des insurgés. Combien de tirs essuyés, combien d'obus tombés au milieu des murs d'enceintes, combien de soldats blessés ou même tués ? Durant ces instants critiques, notre mission allait être de sécuriser la zone. Chouffer, chouffer encore, être à l'affût du moindre signe de menace et attaquer, tirer avant qu'un tir ne parte du toit d'un compound, d'une ruelle étroite, d'un recoin sombre de la zone verte.

Nous allions survoler la Kohi Safi, immense massif montagneux qui nous conduirait jusqu'à

1. Hélicoptères de manœuvre.

Nijrab, puis nous nous laisserions glisser plein est, en suivant le long ruban noir que dessinait la MSR entre Nijrab, Tagab et Tora. Pour nous, la MSR ne serait qu'un axe commode, un guide, un repère à suivre jusqu'à Tagab. Mais au sol, de jour comme de nuit, cette route était pour les soldats une menace permanente faite d'embuscades et d'IED. La nuit nous tomberait dessus à Tagab, alors que nous ferions face aux vallées d'Alasay et de Bedraou, où se déroulaient, depuis des mois, les combats les plus violents. Dans quelques jours, nous le savions, nous aurions à les survoler, à trouver des angles de tirs et à ouvrir le feu pour que nos camarades rentrent à la maison sains et saufs. Notre retour sur Kaia se ferait via Bagram, dont nous pourrions apercevoir, à des kilomètres, l'immense masse lumineuse se projeter dans le ciel. De là, il ne nous resterait plus qu'à franchir un petit col, au sud-est de l'immense base autrefois soviétique, puis à traverser la longue plaine de la Shamali jusqu'à Kaboul.

*
* *

Tout était au vert. La météo annonçait une couverture nuageuse en provenance du sud, mais rien de bien méchant. Comme à l'accoutumée, nous avions été prévenus de la possibilité de « chasse-poussière ». Et parce qu'ils étaient signalés de manière systématique à chaque bulletin météo, nous n'y prêtions plus vraiment attention. Ces sortes de tempêtes de sable faisaient tout simplement partie du décor. J'avais connu ce phénomène en 2009, précis comme un allumeur de réverbères. Chaque jour, vers 17 heures, un mur de poussière se levait et balayait Kaboul. Cette même année, j'avais dû pénétrer en vol l'un de ces grands vents de poussière. La visibilité était extrêmement faible, bien moins d'un kilomètre, mais cela restait « volable ». C'était tendu, mais ça passait. Ce jour-là, ce 10 juin 2011, j'allais découvrir qu'il existe d'autres types de « chasse-poussière », très localisés, avec des vents tournoyants extrêmement violents et d'une densité phénoménale... Mais il serait trop tard.

En tout cas, en sortant du briefing et en posant les pieds sur le tarmac, notre constat était que nous profitions d'une belle fin d'après-midi. L'air était pur et calme, et les nuages qui s'accrochaient aux crêtes vers le nord n'avaient rien d'alarmant. Ce n'était rien de plus que quelques nuages isolés dont la présence ne faisait que souligner plus encore le temps magnifique qui entourait Kaboul. Quant aux chasse-poussière annoncés, ils n'avaient, eux non plus, rien d'inquiétant : au pire, aurions-nous à piloter quelques kilomètres avec une visibilité réduite. Nous savions faire ! Il était 17 heures passées et dans notre dos le soleil qui déclinait doucement redessinait le paysage de couleurs chaudes et contrastées.

C'était calme et magnifique. Mais autour de nos machines, à quelques instants de décoller, nous faisions une tout autre lecture de cette magnificence. Ce ciel dégagé n'était rien d'autre que l'expression d'une météo paisible, et ces nuages lointains, accrochés aux reliefs, ne méritaient pas plus d'attention car ils ne représentaient aucune menace. Et le soleil qui faiblissait nous parlait de l'heure, nous indiquait que le moment d'y aller arrivait. Nous étions déjà dans la mission et nous analysions instinctivement ce qui serait bientôt notre domaine de vol.

*
* *

Faire un dernier tour de la machine, vérifier la fermeture des capots, passer ses doigts sur la carlingue couleur kaki, manœuvrer mécaniquement le rotor de queue... S'installer, se sangler, dérouler ensemble la check-list, attendre le « GO » du contrôle aérien, le « GO » du chef de patrouille, aux commandes de son Cougar dont les pales s'effaçaient à mesure que son rotor prenait ses tours, puis mettre enfin un peu de « pas » pour arracher du sol les patins de la Gazelle. Nous volions, nous flottions dans l'air, comme une barque sur la surface de l'eau. Pour rejoindre le taxiway, une fois encore, la manip' était la même : un demi-tour sur nous-mêmes, un virage à gauche, un virage à droite, dans le sillage du Cougar qui déjà prenait de l'altitude. Nous attendions que le Cougar prenne le large avant d'accélérer, rouler à un mètre du sol sur le taxiway et profiter de l'effet de sol avant de nous élever à notre tour, lentement, dans le ciel dégagé de Kaboul. C'était une de ces missions ni passionnantes ni excitantes, qui ne présentaient que peu, sinon aucun intérêt tactique, mais contribuaient à faire fonctionner la gigantesque machine de la coalition. Et ces vols avaient une vertu : ils soustrayaient tous ces pax aux dangers des convois routiers, et nul ne saurait dire combien de vies furent ainsi sauvées.

Peu de temps pour profiter de la beauté d'un pays que nous ne visiterons sans doute jamais, ni nos enfants, ni même les enfants de nos enfants, tant il semble enfoncé à tout jamais dans les méandres mortels des haines, de la convoitise et de la guerre. Quelques instants fugaces, les *bastion walls* franchis, le temps d'un commentaire, d'une remarque, de partager ces quelques secondes de plaisir avec toi. Le temps, aussi, de relever que le temps allait tenir. Tu approuvais. Dans une heure et demie nous serions de retour à Kaia !

Bientôt, Nijrab. Vingt minutes de vol, pas plus. Quelques centaines de mètres devant et en contrebas, le Cougar tirait droit sur la FOB Morales Frazier. Nous suivions, tels des automates, le moindre de ses mouvements, scrutant pour lui les zones dans lesquelles nous nous enfoncions à pleine vitesse. À plus de 180 kilomètres/heure, le sol défilait maintenant sous nos pieds. À peine pouvions-nous apercevoir, par moments, le canon de la MAG 58 du « gunner » dépasser du flanc droit du Cougar. À côté de lui, assis sur le rebord de la machine, les pieds pendants dans le vide, un membre des forces spéciales joignait son regard au sien, scrutait ce vide qui n'en était pas et d'où pouvait surgir, à chaque instant, une menace mortelle.

Nijrab en vue, le Cougar a plongé vers la FOB. Anges gardiens, nous sommes restés en vol, décrivant de longues boucles au-dessus de la base, sans jamais perdre le visuel sur les abords immédiats du camp. Avec la caméra, tu balayais les environs, cherchant dans chaque recoin une activité suspecte. Trois cents mètres plus bas, sur la DZ, les choses ne traînaient pas : les pax débarquaient, sautaient de la machine et s'en écartaient en courant, courbés, pliés par le souffle des pales, tandis que d'autres, dans un mouvement inverse et tout aussi rapide, les remplaçaient. Trois, quatre, cinq minutes tout au plus et déjà le Cougar s'élevait dans les airs. Cap au Sud, cette fois, vers

Tagab, cœur de la Kapissa et de l'insurrection, à moins de trente kilomètres de là.

De la FOB, pour éviter les vallées d'Afghania et d'Alasay, nous traversions la MSR plein Sud, nous foncions sur l'axe Vermont que nous dépassions et laissions derrière nous aussi tôt que possible, fragile frontière symbolique entre ces vallées encore puantes et les contreforts de la Kohi Safi que nous suivions au plus près de ses reliefs. Ces longues pentes arides et rocailleuses, parfois verticales, nous offraient une maigre protection contre les tirs scélérats de l'insurrection, conscients que notre meilleure alliée était la distance que nous mettions entre nous et la zone verte. Cet entrelacs de vergers et de ruelles apportaient à ceux que la vie et le destin avaient placé ici sur terre, un bouclier de fraicheur et les moyens de leur subsistance. D'autres – les talibans, ou les insurgés, qui était quoi ? – y trouvaient un refuge sûr, pièce maitresse de la force de leur insurrection. Aucun regard, aucune caméra ne pénètre cette canopée. L'insurrection est là, se terre, nous échappe. Mais nous volions trop haut, trop vite, pour être réellement menacés.

Sur notre gauche, plein est, la MSR, fine bande noire, se dessinait distinctement. Sur notre droite, plein ouest et au-delà des contreforts de la Kohi Safi que nous frôlions du bout de nos pâles,

Kaboul, capitale fragile d'un pays divisé et meurtri par des décennies de guerre. Dans notre dos, le soleil déclinait et, peu à peu, la Kapissa s'enfonçait dans l'ombre de ses plus hauts sommets. Tagab, aux confluences des vallées d'Alasay, de Bedraou et de Tagab avait déjà été englouti, et seules quelques lumières parvenaient à s'échapper de cette emprise nocturne et à rejoindre le ciel qui, lui, résistait encore à la nuit.

Il était 19 heures, 19 heures 30 peut-être, et malgré l'heure déjà tardive, nous pouvions encore voler sans peine sans nos jumelles de vision nocturne. Le Cougar s'était depuis longtemps posé et finissait déjà de charger les derniers pax, heureux ou non de quitter la zone. Le pilote, lui, n'avait qu'une hâte : remettre les gaz, décoller, partir, quitter cette DZ à portée de tir des premiers compounds. En prenant de l'altitude, le Cougar, masse sombre et à peine visible au sol, reprenait chair sous les derniers rayons de lumière qui envahissaient encore le ciel. Nous retrouvions notre vaisseau amiral, qui rapidement obliquait plein ouest. Nous tournions le dos à la Surobi, où nous étions le matin même et que nous pouvions apercevoir au loin. Cette fois, les vallées s'enfonçaient définitivement dans la nuit ; bientôt, la Kapissa tout entière ne serait plus qu'un immense tapis d'ombre. À quatre cents mètres du sol, nous volions à la frontière du jour et de la nuit.

La MSR, sur laquelle plus personne n'osait s'aventurer, avait été désertée. La vie semblait s'être arrêtée en même temps que la nuit s'était répandue sur les vallées. Tous s'étaient reclus. Les Afghans derrière les hauts murs de terre séchée de leurs compounds, les soldats français au cœur de leur FOB, et pour certains d'entre eux, précaires, dans un COP isolé. Le calme régnait. En apparence. Car, entre Bedraou et Alasay, dans les ruelles de Tagab, les insurgés, seuls à s'y hasarder, profitaient de la nuit pour se déplacer, transporter de l'armement, organiser des caches d'armes, ravitailler un artificier à l'ouvrage, en train d'assembler une ceinture d'explosifs ou de mettre la dernière main à un IED dont il réglait peut-être le déclencheur avec soin et détermination. Quelle conscience avait-il de l'entreprise de mort qu'il était en train de fabriquer méticuleusement ? Était-ce devenu une sorte d'habitude, produit de tant d'années de guerre et de folie ? Y avait-il encore cette folle envie de tuer des soldats français ici, anglais ou américains plus au nord et plus au sud ? Y avait-il encore la rage que le pays leur revienne pour en faire une tombe à ciel ouvert, transformer par la force ceux dont ils avaient oublié que le même sang coule dans leurs veines, en des morts-vivants ? Une seule chose était sûre, en tout cas : leurs engins explosifs, aussi lâches que maudits, tuaient plus de civils que de soldats étrangers.

*
* *

Il ne nous faudrait pas plus d'un quart d'heure pour rejoindre Nijrab… C'est à cet instant précis, au moment de virer plein ouest et d'embrayer derrière le Cougar, que j'ai remarqué, loin sur l'horizon, un large nuage isolé, haut dans le ciel. Un gros cumulus, comme il en mûrissait tant dans le ciel afghan. Rien d'inquiétant, rien non plus qui pourrait perturber notre fin de mission. Dix minutes plus tard, nous survolions de nouveau Nijrab. La manip' se répétait une fois encore, la dernière pour aujourd'hui : le Cougar descendait se poser, où le même ballet de passagers allait se jouer sur la scène de la DZ. Dans nos jumelles de vision nocturne, que nous venions de basculer, le monde avait viré au vert. De nouveau, nous décrivions au-dessus du Cougar, sans jamais lui tourner le dos, de larges boucles. À la fin du premier virage, je remarquais, face au sud, une vaste masse blanche accrochée aux crêtes surplombant Bagram. Le halo de lumière que projetait la base-ville à des kilomètres à la ronde soulignait cette formation météorologique et la rendait plus imposante encore. Un mur se dressait sur notre route, à l'aplomb du col qu'il nous faudrait bientôt franchir pour basculer sur la plaine de la Shamaly, et de là rejoindre Bagram puis Kaboul.

Sur l'instant, dans cette phase de vol tendue, je ne lui prêtais pas plus d'attention. Je devais orbiter autour de la FOB et chouffer avec toi qui scrutais le moindre signe suspect. Le temps de l'apercevoir, de te le faire remarquer en quelques mots, et nous replongions dans la partie de cache-cache que nous avions engagée contre des fantômes. Tu passais au crible de ta caméra chaque centimètre carré de terrain, chaque ruelle, chaque compound, imaginant les angles de tirs favorables, ceux que tu aurais toi-même choisis pour nous abattre si le destin t'avait posté là, au fond de ces vallées.

Là-bas, sur le col que nous devrions bientôt franchir, la situation avait changé. Mais nous n'y étions pas encore... Il fallait, avant que nous puissions prendre la mesure du phénomène qui était en train de se développer, que le Cougar redécolle, reprenne de l'altitude et s'extraie du danger qui le menaçait. C'était gros. Très gros ! Le passage du col risquait d'être compliqué. Encore à la verticale de Nijrab, de ce que nous pouvions en deviner, rien ne permettait d'affirmer que nous pourrions passer, nous glisser sous cette masse nuageuse et franchir le col. Pourtant, mon opinion était déjà faite : tout était bouché. Le col risquait d'être pris, et nous ne passerions pas. Mais la situation n'avait rien d'inquiétant car nous disposions d'un itinéraire de dégagement. Tu étais serein toi aussi, et nous partagions ce sentiment que cette masse nuageuse n'était rien d'autre que l'un de ces nuages aperçus de Kaboul au départ de notre mission. Ils s'étaient déplacés, et avaient accroché le col. Notre analyse était pertinente, logique. Ça serait peut-être un peu compliqué, mais ce ne serait pas la première fois. Nous étions entraînés pour ça et avions déjà vécu des situations similaires. Non, franchement, il n'y avait pas matière à s'inquiéter ! À bord du Cougar, tous feux éteints, mais dont nous apercevions l'ombre en dessous de nous, l'analyse était la même. La région était globalement dégagée, nous faisions face à une formation nuageuse importante mais localisée. La zone était toute proche, cinq minutes à peine, et nous avions suffisamment de ressources pour tenter le coup. Nous décidâmes d'y aller !

*
* *

Les phases critiques de la mission prenaient fin en même temps que le Cougar s'extrayait de Nijrab. Chaque mètre d'altitude gagné le sortait de la zone de danger dans laquelle il avait pénétré en descendant sur la FOB. Une dernière boucle, et je le raccrochais en me positionnant de nouveau derrière lui. On rentrait à la maison...

Cinq minutes plus tard, la météo se dégradait fortement : la visibilité se réduisait, les plafonds baissaient... et chaque seconde qui passait nous faisait perdre un peu plus notre visuel sur le Cougar. Il fallait descendre, se rapprocher de lui, garder le contact coûte que coûte. Nous avions pénétré dans un environnement étrange. Quelque chose nous enveloppait que je n'arrivais ni à comprendre ni à analyser. J'avais le sentiment d'une sorte de brume épaisse, mais quelque chose me faisait douter, m'échappait, sans que je puisse comprendre quoi. Pas un mot dans l'intercom. Quoi te dire ? J'étais impuissant à mettre des mots sur ce que je ressentais ! Restait à m'arracher les yeux pour conserver à tout prix le visuel sur le Cougar. Le pilotage devenait exigeant et tu n'avais, toi non plus rien à commenter. C'était tendu, mais pas exceptionnel. On gérait. Sans un mot inutile.

Avais-tu déjà compris que chaque seconde qui passait faisait de nous les prisonniers innocents et encore naïfs d'un phénomène qui était tout autre chose qu'un simple nuage de brume et d'eau ? Non, bien sûr... car alors peut-être tout aurait été différent. Comment avons-nous pu passer à côté, ne pas nous rendre compte ? Combien de fois ai-je refait le film de ces minutes, debriefé seul, puisque tu n'étais plus là ? Nous étions de nuit, nos optiques de vision nocturne nous rendaient aveugles à certains détails, et la poussière que nous brassions était si fine qu'aucun indice n'est venu nous alerter. À travers nos optiques, la texture de cette masse qui ondulait autour de nous était en tout point identique à ce que nous aurions pu voir et ressentir dans un cumulus. Et sur la verrière, qui aurait pu sonner l'alerte, pas le moindre bruit, pas le moindre impact, comme l'aurait fait du sable. Le piège qui se refermait sur nous était parfait !

J'ai continué à descendre, à me rapprocher du Cougar, à mesure que la visibilité se réduisait encore et encore, sans que cela ne semble vouloir jamais s'arrêter. Garder le visuel était notre priorité absolue. À quelques dizaines de mètres seulement, nous distinguions la masse floue qu'il dessinait dans ce chaos. À seulement vingt mètres plus bas, l'équipage du Cougar conservait un visuel sur le col. Ça ne tenait qu'à ça, vingt petits mètres, et nous tiendrons en conservant un visuel sur ceux qui désormais allaient nous conduire jusqu'au col, jusqu'à la sortie du piège. Nous n'étions plus l'escorte mais les escortés.

Brusquement, la situation s'est dégradée et nous avons perdu le Cougar. En une fraction de seconde, nous étions plongés dans un blanc total d'où ne se détachait plus la moindre nuance, le moindre contraste, la moindre ondulation. Rideau ! Plus rien ! Plus rien sur quoi accrocher notre regard ! Nous étions devenus aveugles ! La caméra ne faisait pas plus la fière, et je te revois encore couper puis repousser cet outil devenu inutile. Tu avais raison : autant jeter tous ses sens dans la bataille ! Désormais, comme nous l'aurions fait à quatre pattes pour retrouver de nuit un rivet perdu au milieu d'une DZ, il nous fallait creuser, fouiller, pour saisir un détail, quelque chose – presque rien serait déjà tant – qui nous offrirait un point de référence sur lequel nous appuyer.

La situation continuait à se détériorer. Chaque seconde qui passait nous rapprochait de la limite, de ce moment où, sans que l'on sache toujours expliquer pourquoi, tout bascule, tout devient hors de contrôle. J'allais atteindre cette limite, je sentais que nous nous en rapprochions trop dangereusement. J'ai dit « Stop » ! Je n'avais plus de visuel sur rien. Ni sur les reliefs, ni sur le Cougar, qui pourtant était là, à quelques mètres de nous. Pourtant, aussi incroyable que cela puisse paraître, nous étions calmes et sereins. Nous faisions ce que nous avions à faire... Alors que tu leur annonçais à la radio que nous avions perdu le contact, instinctivement, mécaniquement, je faisais varier ma vitesse et allumais notre feu anticollision. En pleine zone de guerre, ce petit geste d'apparence anodin, ce petit connecteur en aluminium que je basculais sur le tableau de bord soulignait la gravité de notre situation. En d'autres termes, nous commencions à être sérieusement dans la merde.

Oui, la situation devenait sérieusement compliquée, critique peut-être déjà. Nous étions à la frontière de ce que nous pouvions maîtriser. Mais nous gérions encore. Et savions que nous allions gérer. Après tout, nous connaissions les procédures, nous les avions répétées des dizaines de fois, et nous allions les dérouler calmement, comme à l'exercice. Nous n'étions plus sereins, c'est vrai, mais dans le cockpit, pas le moindre stress, pas le moindre signe de panique.

D'ailleurs, la situation était parfaitement claire. Donc, la conduite à tenir. Il n'y avait plus à hésiter. Les conditions étaient désormais tellement limites que nous n'avions qu'une procédure à appliquer : cesser de voler en patrouille, nous écarter du Cougar dont nous avions perdu la trace, et faire demi-tour dans l'espoir de nous dégager de ce piège et retrouver plus loin des conditions moins dégradées. C'était la procédure, et la logique. À la radio, le Cougar nous apprenait qu'ils entreprenaient la même manœuvre. Il était là, si près de nous, à quelques dizaines de pieds, que nous avions la certitude que cette manœuvre nous permettrait de retrouver sa trace. À sa recherche, nous scrutions l'espace vide et blanc dans lequel nous flottions. C'est toi qui aperçus le premier l'éclat faible de son feu anticollision, étouffé, à peine visible. Mais oui ! c'était bien lui, là, à une centaine de mètres plus bas, qui nous doublait lentement. Tout cela avait quelque chose d'irréel, mais en tout cas, la manip' avait fonctionné ! Un deuxième flash, un troisième... Le Cougar poursuivait sa route et nous lui emboîtions le pas, suivant à la trace les éclats de lumière que le Cougar abandonnait derrière lui. Chaque mètre de gagné nous écartait de la frontière de l'impossible. Le Cougar traçait sa route, lentement, et nous venions de raccrocher.

Nous commencions à souffler, à voir une issue à ce merdier. Mais quelqu'un, quelque chose, quelque part, en avait décidé autrement. En une fraction de seconde, tout a disparu. Nous étions projetés au milieu d'un néant d'où n'émergeait plus la moindre référence visuelle. Ne restait plus qu'une poussière extrêmement dense, comme jamais je n'en avais vu. Cette chose nous est tombée dessus comme on ferme un rideau, d'un coup rapide et violent. Sur le coup, je n'ai pas compris que nous venions d'entrer dans l'épicentre du phénomène. Je ne sais plus si j'ai eu une seconde de stupéfaction, une seconde à me dire : *Merde, là ça pue !* Je me souviens seulement t'avoir balancé que je n'avais plus aucune référence. Tu n'y voyais pas plus, ni le Cougar, qui nous annonçait qu'ils étaient « en couche ». Je réduisais encore ma vitesse... Nous restions toujours calmes, hyperconcentrés, appliqués sur les procédures, mesurés dans nos gestes. Le Cougar n'était pas loin, à quelques mètres seulement, et une poignée de secondes suffirait à nous encastrer dedans. Nous étions dans un merdier absolu, personne cette fois ne pouvait se raconter des histoires, mais ce n'était pas le moment de paniquer. Depuis notre départ de Nijrab, nous n'avions cessé de réduire notre vitesse, à chaque dégradation de la situation, à chaque marche franchie vers... vers quoi ? personne n'y pensait. On allait maîtriser. Et rentrer. Parce que c'est ce qu'il fallait faire, ainsi que nous avions appris à faire, ainsi que nous voulions faire. Cette fois, nous allions nous retrouver au pas, à moins de 80 kilomètres/heure ! Ralentir, mais surtout ne pas perdre d'altitude : le Cougar traînait autour de nous, les reliefs n'étaient pas loin et j'étais devenu aveugle. Nous volions à tâtons dans une sorte de goulet étroit, encadré par des lignes de crêtes dont je ne savais plus dire à quelle distance elles se situaient de nous ! Quant à notre altitude, je ne savais plus... J'aurais pu fermer les yeux, et cela n'aurait rien changé !

Par-dessous mes jumelles, les instruments de bord m'envoyaient des informations qui ne correspondaient plus en rien à mes sensations. Je connaissais le piège. En couche, sans plus aucun repère, tout se brouille : les instruments indiquent l'horizontal, mais le corps renvoie la sensation de voler avec plusieurs degrés d'inclinaison ; on croit tenir un cap, mais le compas annonce que l'on vire vers l'est… C'est une lutte contre soi-même, contre le démon de ses propres sensations, et il faut garder à l'esprit le piège tendu et s'en tenir éloigné coûte que coûte. C'est une lutte, intense, exigeante, de chaque instant. Plus d'un, et même des bons, se sont fait piéger ! La nuit, les jumelles de vision nocturne, la poussière… tout s'accumulait. Nous avions été projetés dans une situation si improbable qu'aucun pilote sensé n'aurait osé l'imaginer. Un scénariste retors peut-être, et encore…

Je réduisis encore la vitesse… Ça puait. Ça puait sérieusement, et cette fois, nous le savions ! Désormais, il n'y avait plus rien à faire, seulement attendre, tenir le cap, maintenir un semblant de vitesse et espérer. Espérer que le sol, ne serait-ce qu'une fraction de seconde, s'offre à nous. Un instant, un rien nous suffirait. Espérer que sainte Clothide, pour toi qui avais été si bon avec elle, intercède. Nous étions silencieux, parce qu'il n'y avait rien à dire. La seule consigne, les derniers mots partagés, furent *le premier qui voit le sol pose !*

Nous ne demandions pas l'impossible, mais rien d'autre que tenir ! Tenir sans taper le Cougar. Tenir sans taper le sol. Tenir sans taper les parois, menace invisible, qui défilaient sur notre gauche. Nous étions dans une attente silencieuse, concentrés sur le maintien de nos paramètres, sans partager nos inquiétudes. Nous avancions dans le vide, aveugles et désormais seuls. Dans le Cougar, les gars menaient une lutte similaire, seuls eux aussi sur leur propre trajectoire de vol comme de vie. Désormais, c'était chacun pour soi. Nous n'avions plus rien à tenter, ni plus rien à espérer de l'autre machine. Désormais, nous étions comme les rescapés d'un même naufrage, seuls dans leurs chaloupes séparées par les flots, seuls dans leur lutte pour la vie au milieu de la tempête.

Et nous luttions, à chaque seconde, encore et encore, malgré l'acharnement dont nous étions victimes. Parce qu'il restait de l'espoir, mais peut-être plus encore parce que nous refusions de renoncer. Le sol allait se découvrir, nous tendre les bras, et cette mission ne serait bientôt qu'un *sacré putain de souvenir*. Nous luttions pour saisir cet instant, cette chance que la vie allait nous donner. Ça ne pouvait tout simplement pas en être autrement. Notre silence n'était un signe ni d'abandon ni de renoncement, nous n'avions pas basculé dans une attente résignée de la mort. Bien au contraire, notre silence n'était rien d'autre que le reflet de notre envie de vivre, de tenir, de nous battre pour nous sortir de là. La mort rôdait, mais je ne me souviens pas lui avoir accordé la moindre attention. Toute mon énergie était tournée vers un seul but : tenir la machine et être prêt à saisir la moindre chance qui nous serait offerte.

Je ne sais quelle sensation tu avais du temps. Le mien s'était contracté, densifié et je n'ai jamais été capable de mesurer combien de secondes, ou de minutes, se sont écoulées avant que je ne croie deviner à travers mes jumelles, l'espace d'une fraction de seconde, un bout de terre. *Matthieu ! Le sol ! Tu le vois ?* Oui, tu l'avais vu, toi aussi. *Terre ! Terre !* aurait crié la vigie du haut de son nid-de-pie. Nous y étions, nous allions nous poser. Et sortir de ce merdier aussi vite que nous y étions entrés. Cette chance, nous n'allions pas la laisser passer ! Dans les oreillettes de mon casque, en même temps que j'entamais la manœuvre pour descendre, je t'entendais me dire calmement : *On descend !* Aujourd'hui, quand remontent à la surface de ma mémoire abîmée ces derniers instants, je suis toujours saisi par le contraste entre le tumulte extérieur et le calme de nos derniers échanges.

Ce n'était presque rien, seulement une très fine trouée dans l'océan de poussière déchaîné qui nous entourait et semblait avoir juré notre perte. Ce n'était rien, mais ça suffirait ! Nous avions enfin une référence, quelque chose sur quoi porter et appuyer notre regard, nous n'étions plus aveugles, plus totalement. Nous avions un cap à prendre, une porte de sortie vers laquelle nous jeter. J'ai engagé la manœuvre, doucement, car on ne maltraite pas un navire qui prend l'eau de toutes parts. La manœuvre n'était pas compliquée, ne réclamait qu'un peu de finesse et de doigté. Surtout, ne rien brusquer, ne montrer aucune impatience ! Remettre un peu de pas, un filet, rien de plus, pour ne pas risquer d'étouffer la turbine, qui dans notre dos souffrait depuis déjà trop longtemps le martyre, privée d'oxygène et gavée de sable et de poussière. Elle était une amie vaillante, qui jusque-là nous avait soutenus, fidèle et sans faille malgré tant de vents contraires. Mais cette fois, c'en était trop pour elle ! Tu as compris avant moi. Elle lâchait, renonçait, nous abandonnait, épuisée par une lutte devenue inégale.

Putain ! On a perdu le moteur ! Ce furent tes derniers mots. Je n'ai pas ressenti la moindre panique dans ta voix. Tu avais seulement l'air dépité, accablé par ce dernier coup du sort, par ce dernier acte qui, tu l'avais déjà compris, allait nous mettre au tapis.

Pourtant, nous nous étions bien battus. Nous étions descendus aussi bas que possible, pour raccrocher le Cougar et finir la mission en tandem avec lui. Et la manœuvre avait réussi. Nous avions fait demi-tour pour le raccrocher ; c'était logique, conforme, sain. Et la manœuvre avait réussi. Lorsque nous sommes passés en couche, aveugles, nous avions continué à tenir le cap et la machine.

Et la manœuvre avait réussi. Oui, vraiment, nous nous étions bien battus, et ta voix trahissait une immense lassitude : malgré tous nos efforts, le sort, le destin, quelque chose, quelqu'un, s'acharnait contre nous. Le dernier acte de cette pièce que nous n'avions pas choisi de jouer, pas ainsi en tout cas, semblait avoir été écrit d'avance. Quoi que nous fassions, il faudrait que cela finisse ainsi, que nous soyons battus !

Je n'avais pas encore compris. Trop absorbé par la manœuvre que je venais d'engager, je n'avais pas entendu le sifflement, le long feulement sourd que lance, agonie mécanique, la turbine d'une Gazelle qui se meurt. Je finissais d'entendre raisonner ta voix dans mon casque, sans encore réaliser, quand tous les voyants « panne », d'un seul même élan s'allumaient dans la machine : alarme automatique, régime moteur, génératrice, pression d'huile moteur... C'était violent, puissant, une véritable explosion ! En une fraction de seconde, le cockpit fut envahi de lumière et je perdais mes instruments de vol, submergés par ce flot lumineux projeté aux quatre coins de la planche de bord.

Plongé dans le noir, l'espace qui entourait la verrière de la Gazelle s'illuminait, s'embrasait lui aussi. Les milliards de grains de poussière qui nous enveloppaient, collaient à la verrière, nous renvoyaient, dans un halo rouge et immense, les feux de nos alarmes. C'était irréel, surréaliste. Le temps d'une microseconde – mais fut-ce réellement le cas ou est-ce ma mémoire qui depuis a redessiné la scène ? – le temps s'est comme arrêté, suspendu. Nous flottions, frêles et fragiles, sanglés dans nos sièges, accrochés à nos commandes, au milieu d'un éther rouge, déchiré à intervalles réguliers par les flashs puissants de notre feu anticollision. Ces éruptions, à l'intérieur comme à l'extérieur du cockpit, confirmaient ce que je venais de t'entendre me dire. Dans ma tête, le *Putain ! On a perdu le moteur !* que tu venais de lâcher dans notre intercom, entrait en résonance avec ce que mes yeux voyaient. Tout se synchronisait : nous n'avions plus de moteur, nous allions tomber, c'était l'acte final !

Plus d'une fois, je me suis interrogé. Avais-tu compris comme moi que cette fois nous ne nous en sortirions pas ? Avais-tu pensé comme moi que cette fois c'était fini, que rien ne nous sortirait de là, qu'aucune main ne viendrait retenir notre chute, qui avait déjà commencé ? Avais-tu pensé, toi aussi calmement, que nous allions mourir ? Étais-tu résigné, comme je l'avais senti dans ta voix ? Nous allions mourir et nous ne pouvions rien faire contre ça...

Tu as compris, instinctivement. Tu savais, comme moi, ce qu'il nous restait à vivre. Cela se comptait en mètres. Cinquante, peut-être un peu plus... Autant dire rien ! Tu connaissais, tu maîtrisais comme moi, la procédure à appliquer. Comme moi, tu t'y étais entraîné : baisser le pas pour passer en régime autorotatif, se laisser planer puis provoquer, à quelques mètres du sol, un arrondi salvateur. Mais pas à cinquante mètres-sol. Pas de nuit. Pas au cœur d'un chasse-poussière. Cinquante mètres ! Nous avions indexé notre sonde à cinquante mètres-sol. Elle aussi, petite sentinelle qui devait nous éviter de nous crasher contre le relief, a projeté vers nous son petit éclat rouge. C'était mort, c'était foutu ! Ils, mais qui étaient-ils, quel était ce sort qui s'acharnait ainsi sur nous, allaient remporter la partie.

Déjà nous tombions ! Le temps des sensations n'est pas celui du temps qui passe. Combien de millisecondes se sont écoulées entre le moment où tu réalisas que la turbine nous lâchait et celui où je réalisai, moi, que nous allions tomber ? Rien d'autre que le temps d'un éclair, rien d'autre qu'une fraction de temps qui ne laissa de place pour aucune pensée. Ni pour la vie que nous allions quitter, ni pour ce que nous allions laisser derrière nous. Non, je n'ai pas eu le temps de penser à la mort qui nous attendait et de laquelle nous nous rapprochions inexorablement. Trente mètres... Non, je n'ai pas eu le temps de penser à Stéphanie. Vingt mètres...

Non, je n'ai pas eu le temps de regretter de finir ici, seul avec toi dans cet étroit cockpit, au cœur d'un massif afghan qui avait refusé de nous laisser la moindre chance. Dix mètres… Et tu vois, Matthieu, je ne me souviens même pas m'être préparé à l'impact. C'était écrit, c'était ainsi et j'attendais. Cinq mètres…

Nous tombions ensemble, sans un mot ni une pensée l'un pour l'autre. Nous étions comme chacun dans un tunnel parallèle, chacun avec notre vision de la situation, chacun avec nos pensées… C'est vrai : on se retrouve seul au moment de mourir. Que faisais-tu ? À quoi pensais-tu ? As-tu, comme moi, fermé les yeux avant l'impact, pour attendre la mort sans croiser son regard, qui aurait ce soir la forme du sol contre lequel nous allions nous fracasser ?

J'ai fermé les yeux. Sans même y penser. Peut-être une façon instinctive d'accepter mon destin. Et c'est arrivé ! Un choc énorme, lourd, violent. Je me suis senti tassé, comprimé contre le sol. Je me sentais être l'un de ces mannequins impuissants utilisés dans les crash tests. J'avais l'impression de m'enfoncer, comme au ralenti, encore et encore, dans le sol, comme si je le pénétrais. Le temps n'était plus du tout le même… En fermant les yeux, en m'offrant à mon destin, je me coupais du monde, je m'extrayais du fracas dans lequel j'étais lancé à tes côtés. Plus de son, plus d'image, plus d'odeur, plus rien ! Mon corps était un objet impuissant, mon esprit avait déserté, s'était éloigné de ce chaos. Puis, subitement, comme s'il n'était physiquement plus possible d'écraser plus encore l'objet que j'étais devenu, dernier souvenir, je me suis senti projeté, éjecté vers un ailleurs que je ne découvrirais que bien plus tard.

Puis ce fut un black-out total, jusqu'à ce que je me réveille, que je sorte de ce cauchemar, que je sente dans ma bouche ce mélange de sang, de sable et de poussière et qu'un immense besoin de respirer me saisisse. Il faisait nuit, j'étais sur le dos et je ne pouvais pas bouger. J'étouffais, je crachais. J'avais chaud, le vent soufflait en rafales et je sentais cette poussière infiniment fine, qui pourtant avait réussi à nous mettre à terre, me fouetter le visage... Elle devait avoir le diable en elle pour ressentir ainsi le besoin de venir nous narguer une fois son forfait accompli.

Sept ans que tu es parti. Ça n'a pas toujours été facile, mais qu'importe ! Je suis là et j'avance, avec Stéphanie à mes côtés. On s'est installés il y a quelque temps. Une maison isolée, en pleine nature, entre le « 5 » et l'école de Dax. Nous sommes seuls, c'est isolé et cela nous va bien. Je n'ai plus, comme avant, la même envie de voir du monde. C'est vrai ! depuis l'accident, nous nous sommes un peu repliés sur nous-mêmes.

Je ne vole plus autant non plus, et les OPEX, c'est fini. J'en ai vu, des médecins, des psychiatres, des psychologues, des meilleurs aux plus nuls. L'as-tu vue, d'où tu es, celle venue à ma rencontre au Val-de-Grâce ? Peut-être pas ! Je la voyais venir de loin, avec ses gros sabots, ses questions pièges et son air compatissant, presque à me tenir la main ! Mais quoi, croyait-elle vraiment que je l'avais attendue pour te pleurer ? ! Et Stéphanie, et mes parents, qu'elle venait de foutre dehors, n'avaient-ils pas, eux aussi, besoin de pleurer, besoin d'un soutien ? C'était pathétique ! Tu étais mort depuis deux jours seulement...

Le crash m'a explosé le dos. En quittant le Val-de-Grâce, les chirurgiens ne me laissaient aucun espoir : je ne revolerai pas. Mais tu vois, je ne l'ai pas mal pris. C'était, en quelque sorte, le prix à payer ! Tu n'étais plus là, j'étais vivant, c'était ma part du fardeau. Mais finalement, rien ne s'est passé comme eux, peut-être un peu empressés, l'avaient prévu. De commissions en psychiatres, de dérogations en psychologues, de stages en inaptitudes au vol, j'ai avancé, reculé, avancé de nouveau. Au final, les OPEX, c'était bien fini pour moi, mais aujourd'hui encore, après tant et si peu d'années, je continue de penser que c'est une croix légitime.

Mon âme de guerrier elle aussi s'est brisée dans le crash. Mes limites ne sont plus les mêmes et je le sais, rien ne sera jamais plus comme avant. Mais surtout, je n'ai plus cette force, que nous avions et qui nous permettait de partir en OPEX. Aujourd'hui je vais bien, mais je ne suis plus le même, et les OPEX font partie d'un temps révolu. Pourtant, j'y ai cru plus d'une fois. D'ailleurs, les premiers vols, dès le printemps suivant ton départ, s'étaient bien déroulés, sans mauvaises sensations. C'est loin, déjà, mais je m'en souviens comme si c'était hier : assis dans la machine, j'ai respiré un grand coup, comme pour évacuer les dernières traces d'inquiétude encore accrochées à moi, et c'était reparti, les réflexes sont revenus. J'avançais, je retrouvais mes sensations, mais rapidement, j'ai compris que quelque chose s'était cassé. Dans les turbulences et lorsque les machines manquaient de puissance, je repartais en Afghanistan. Je butais contre un mur invisible qui, quelque part au fond de moi, faisait rempart. À chaque nouvelle tentative, après quelques progrès, je trébuchais. J'ai mis du temps à me résoudre, à faire le deuil de celui que j'étais et à accepter celui que j'étais devenu. Je refusais, je niais ces évidences, pensant, espérant, que le déni finirait par avoir raison de tous ces obstacles.

Les alertes ont continué, et je les ignorais. Jusqu'à ce stage de moniteur durant lequel je n'ai jamais réussi à poser la machine en autorotation. Pourtant, je n'avais aucune peur. Bien au contraire, je me surprenais à ressentir aussi peu d'appréhension. Mais rien n'y a fait ! Une fois, deux fois, dix fois... À chaque tentative, à quelques mètres du sol, au moment de poser la machine après l'avoir cabrée pour lui donner du « flare », je me mettais à « tunneliser », à piloter de manière mécanique. J'étais figé, incapable de poser seul. Nous avons tenté pendant deux semaines. J'étais dépassé par quelque chose de plus fort que moi ; mécaniquement, instinctivement, mon cerveau m'imposait la même impuissance que j'avais ressentie et acceptée quand la turbine nous a lâchés. Encore une fois, j'étais battu. Et écœuré ! Je voyais la qualif' s'éloigner et mon avenir dans l'institution compromis.

Le stage suivant ne fut pas plus concluant. Dès le premier vol, très turbulent, je me suis retrouvé les deux mains totalement tétanisées, les doigts figés, collés les uns aux autres, tel un Playmobil ! Le moniteur a posé seul, les pompiers m'ont sorti de la machine. Deux jours plus tard, j'étais dans le cabinet de ma psychiatre à Paris ! J'étais excédé, on tournait en rond, je me suis énervé, exaspéré par l'inefficacité de la méthode. Je suis reparti inapte pour un mois, avec de nouvelles consultations à Pau avec un jeune psychologue des forces spéciales qui me proposa d'essayer l'EMDR. J'étais dubitatif, mais dans le fond, je n'avais rien à perdre. Ce fut ma porte de sortie ! Une semaine plus tard, je me faisais saisir par un cauchemar en pleine nuit. Je faisais de la voltige aérienne, des figures insensées et, à la sortie d'un virage, je me suis vautré, crashé ! J'ai émergé à cet instant-là, sans peur ni panique ; c'était autre chose, la sensation de revenir dans le monde réel. Redressé sur mon lit, je regardais autour de moi, traversé par la sensation que quelque chose venait de se passer, et la peur d'avoir basculé dans le stress post-traumatique, dans un engrenage sans fin de cauchemars. J'étais inquiet, mais le reste de la nuit, comme les suivantes, fut parfaitement normal. Cette nuit-là, m'expliquait quelques jours plus tard le psy à qui je décidais finalement d'en parler, j'avais – ou plutôt mon subconscient – matérialisé, assimilé puis rejeté, expulsé tout ce que je portais en moi depuis le crash.

Depuis, je vais mieux. Je vole en école d'instruction et j'ai fait le deuil de revoler un jour en OPEX. Je sers l'institution d'une manière différente, mais je la sers, comme j'ai toujours souhaité la servir.

*
* *

Et puis, il y eut Alice et tes enfants.

Nous n'étions pas voisins, je ne risquais pas de la croiser par hasard. Et pour le reste, j'essayais lâchement, ne m'en veux pas, de ne pas y penser. Seulement des instants fugaces qui me rappelaient à une sorte de devoir envers eux. Puis je passais à autre chose, oubliant aussi vite que possible ces petites lâchetés.

M'as-tu vu saisir plusieurs fois mon téléphone en me disant « *Allez, Mathieu, vas-y, tout se passera bien !* » ? J'avais enregistré son numéro :

« *Alice Gaudin* ». Elle n'était qu'à un clic de moi. Mais à chaque fois, résonnait cet écho dans ma tête : *Mais qu'est-ce que je lui dis ? !* et je reposais le téléphone, soulagé et honteux. Je ne pouvais pas parler ? Peut-être pourrais-je écrire ? Mais quoi ! je n'allais tout de même pas prendre contact ainsi avec ta femme ! Autant lui envoyer un SMS ! Je tournais en rond, je m'enlisais, de plus en plus mal. Et finalement, ce fut elle qui appela ! C'était une fin de journée, au mois d'août, je crois. J'étais dans le salon. Sur l'écran de mon téléphone, *Alice Gaudin* ! J'ai regardé le téléphone sonner, toujours aussi impuissant, incapable de me jeter à l'eau, de le saisir et décrocher enfin. Et peut-être aurais-je laissé filer la dernière sonnerie dans le vide si Steph' ne m'avait pas forcé la main. Une fois décroché, je n'ai pas su quoi dire ! La situation était exactement conforme à l'idée que je m'en faisais.

Mais tu connais Alice, c'est elle qui a fait le reste. Je n'avais qu'à décrocher, puis à me laisser porter par sa force et son énergie. Comme au régiment, avec d'autres avant moi, Alice s'est inquiétée de moi. Si j'allais bien, si j'avais mal, comment j'avançais depuis l'accident. Au fond de moi, je ne cessais de me dire : *Mais on s'en fout de moi, ce n'est pas de moi dont il est question !* C'était d'Alice, de tes enfants qu'il fallait parler, et je tentais sans cesse de ramener la conversation sur elle, sur eux. Oui, Alice, les enfants, comment *eux* allaient-ils ?

Au moment de raccrocher, après plus de deux heures que je n'avais pas vu passer, nous nous sommes fait la promesse de nous voir bientôt. Deux semaines plus tard, nous nous retrouvions à Verdun, Chez Mamie, un petit restaurant traditionnel, un peu à ton image. La salle était simple, chaleureuse et, sur les tables, des nappes Vichy rouge. Oui, c'était tout toi ! Je ne sais plus si je m'étais fait la réflexion, ou si cela m'est venu à l'instant, maintenant que je t'en parle ? Nous avons parlé de tout et de rien, de nos vies, du régiment, un peu de l'accident. Ce n'était pas triste, bien au contraire, et à chaque fois que l'occasion se présentait, Alice parlait de toi, naturellement, comme si tu étais là, à nos côtés. Ce fut un bon moment, rempli de paradoxes. Au fond de moi, je n'étais pas parfaitement à l'aise, je n'arrivais pas à me libérer, à plonger, transparent et vrai, dans l'espace qu'Alice m'offrait pourtant avec bonté. Comprends-moi bien : nous ne nous connaissions pas encore et – quelle erreur en y repensant – quelque chose au fond de moi me disait d'être prudent, de ne pas m'emballer, de ne pas me dévoiler entièrement. Je ne savais pas et je doutais de ce qu'Alice venait chercher. Pourtant, quel paradoxe, je voyais le bien qu'elle me faisait. J'étais arrivé prisonnier de mon propre stress et de ma propre culpabilité que, tout au long de cet après-midi, son énergie, ses mille petites attentions, sa douceur avaient réduits presque à néant. Je repartais plus léger, moins accablé. Avancer serait désormais plus facile.

*
* *

Il fallut attendre quelques mois avant que je ne rencontre tes enfants. Alice avait acheté la maison de Bordeaux et au mois de janvier, les travaux avaient bien avancé. Nous avions récupéré pour eux les cadeaux de Noël du régiment. Ces paquets pour les enfants nous offraient une raison de passer.

C'était effrayant. Je revivais ce que j'avais déjà vécu avec Alice. Les mêmes peurs, les mêmes angoisses, les mêmes questionnements, la même culpabilité. Tes enfants, après tout, n'auraient-ils pas des reproches à me faire ? J'étais aux commandes, j'avais survécu au crash et ma seule présence soulignait ton absence. Alice ne m'avait jamais parlé d'eux, de ce qu'ils savaient ou pensaient ; je n'avais aucune idée des dispositions dans lesquelles ils se trouvaient vis-à-vis de moi. Et je ne pouvais m'empêcher de penser à Louis, ce petit, né après le crash et qui jamais ne te connaîtrait. Mais les cadeaux étaient là, emballés de rouge, dans un coin du salon. Ils m'obligeaient, je ne reculerais pas.

La vois-tu, d'où tu es, cette belle maison de ville ? Ces deux petites marches, la lourde porte en bois ? J'y étais, Stéphanie dans le dos, les cadeaux dans les bras. Il fallait y aller, sonner. De l'autre côté de la porte, dans ce que j'imaginais être le couloir d'entrée, des bruits de cavalcades et une petite voix criant : *C'est Mathieu ! C'est Mathieu !* La porte s'est ouverte sur Jeanne. Ta grande fille tenait Louis dans ses bras. Simples et directs comme tu l'étais, j'avais déjà l'impression de les connaître un peu. J'étais mal à l'aise, je ne savais toujours pas dans quelle aventure je venais de me fourrer. Puis Joséphine – mais es-tu surpris que ce soit elle ? – a surgi de nulle part, petite tornade fusant à travers le couloir, et m'a littéralement sauté dans les bras. J'ai cru que j'allais m'effondrer. Je me suis senti transpercé, mis à nu par cette petite qui me serrait si fort dans ses bras et s'agrippait à mon cou. J'ai tout lâché, tout abandonné. Je n'avais rien d'autre à faire que de profiter de ce moment, de ce cadeau que m'offrait ta fille. J'ai enroulé mes bras autour d'elle, autour de cette petite fille, ta petite fille que je ne connaissais pas et qui ignorait tout de ce qu'elle m'apportait, de tout le bien qu'elle me faisait.

Je serais bien incapable de te dire combien de temps cela a duré, mais le plus important n'était pas là. Avec ce geste, Joséphine venait d'effacer toute la pression, toutes les questions que je me posais. Comment les enfants me verraient ? Comment je pourrais répondre à leurs questions, peut-être si brutales ? Que pourrais-je répondre à : *Pourquoi tu n'es pas mort avec mon papa ?* À ces questions sans réponse que savent si bien poser les enfants. Joséphine effaçait tout ça et me faisait comprendre, avec ses petits bras frêles et fragiles, que je n'étais pas là pour leur apporter des réponses, mais seulement pour être là, avec eux, au milieu d'eux. Je comprenais instinctivement que je ne serais pas un accusé, ni non plus une icône, mais seulement une pièce, une partie du puzzle qu'avait été ta vie. J'étais là quand tu es parti, rien de plus. Dans ce que fut ta vie, une pièce leur manquait, celle de tes derniers instants. J'étais cela, ce petit bout de vie, tout simplement et rien de plus.

MATTHIEU GAUDIN (1974-2011)

Matthieu Gaudin, s'engage dans l'Armée de terre en 1997 en intégrant l'École nationale des sous-officiers d'active, puis l'ALAT. Breveté pilote hélicoptère Gazelle en 1998, il passe avec succès le concours OAEA en 2008. Promu au grade de lieutenant, il rejoint successivement le 5e, le 6e puis le 3e Régiment d'hélicoptères de combat.

Après avoir participé à des opérations en ex-Yougoslavie (2002), au Kosovo (2008) et en Côte d'Ivoire (2005 et 2010), il rejoint l'Afghanistan au printemps 2011 dans le cadre de l'opération PAMIR avec Mathieu Fotius son binôme et pilote.

Marié, père de cinq enfants, il meurt des suites de ses blessures dues au crash de sa Gazelle Viviane le 10 juin 2011 dans les environs de Bagram en Afghanistan. « Mort pour la France », il est promu capitaine à titre posthume et fait chevalier de la Légion d'Honneur.

Ce volume,
publié aux Éditions Les Belles Lettres
a été achevé d'imprimer
en juin 2020
sur les presses
de l'imprimeur SEPEC Numérique
01960 Péronnas, France

N° d'éditeur : 9611
N° d'imprimeur : N05425200608
Dépôt légal : juillet 2020